# 春日疾風

## 春はやて

安西水丸
MIZUMARU ANZAI

# 目次

# 吹西風的小鎮

西風拂拂。
たばこ

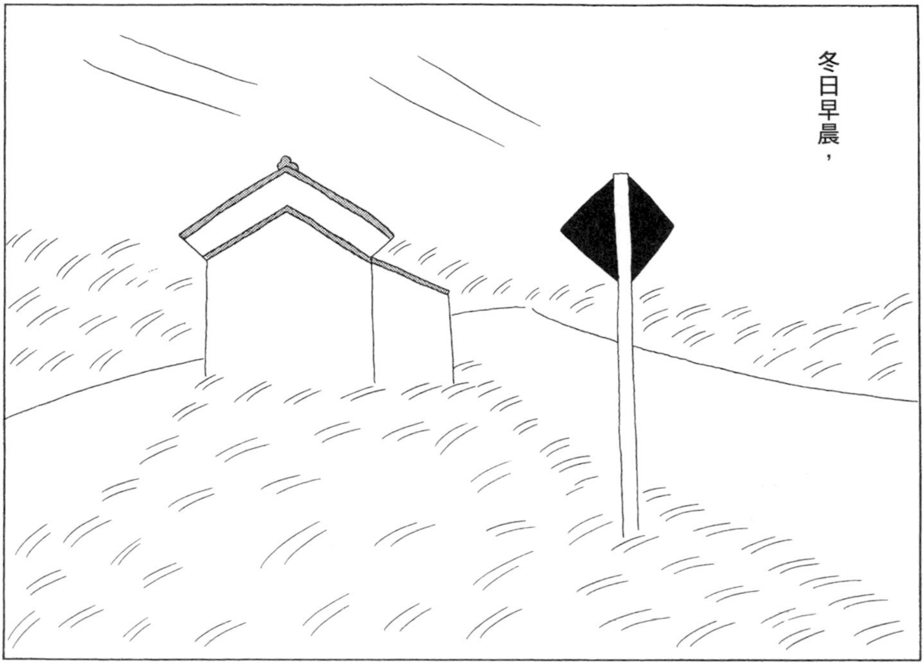
冬日早晨，

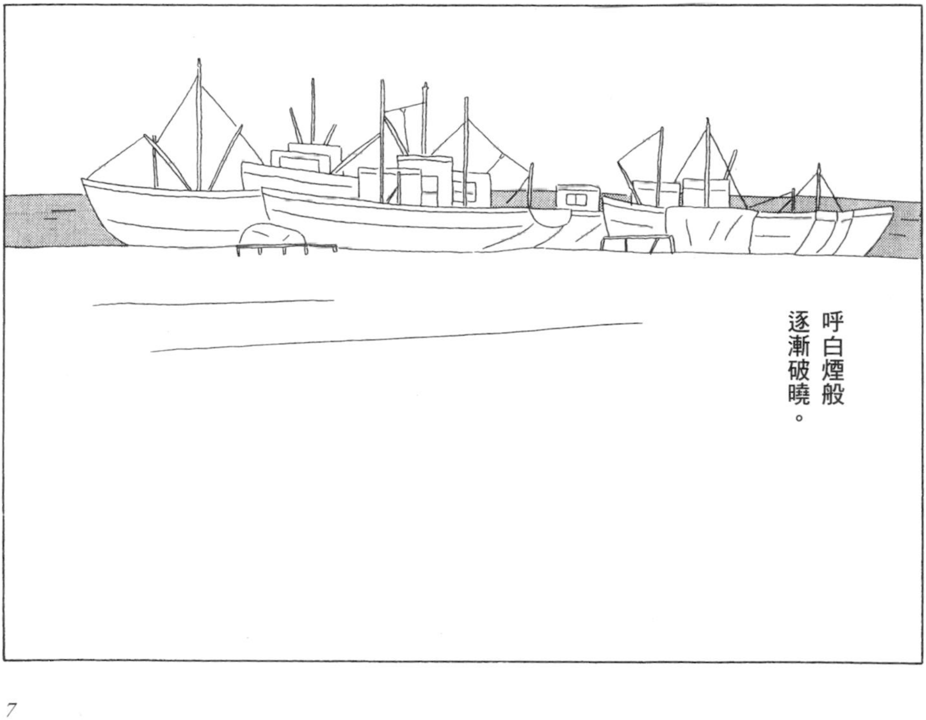
呼白煙般
逐漸破曉。

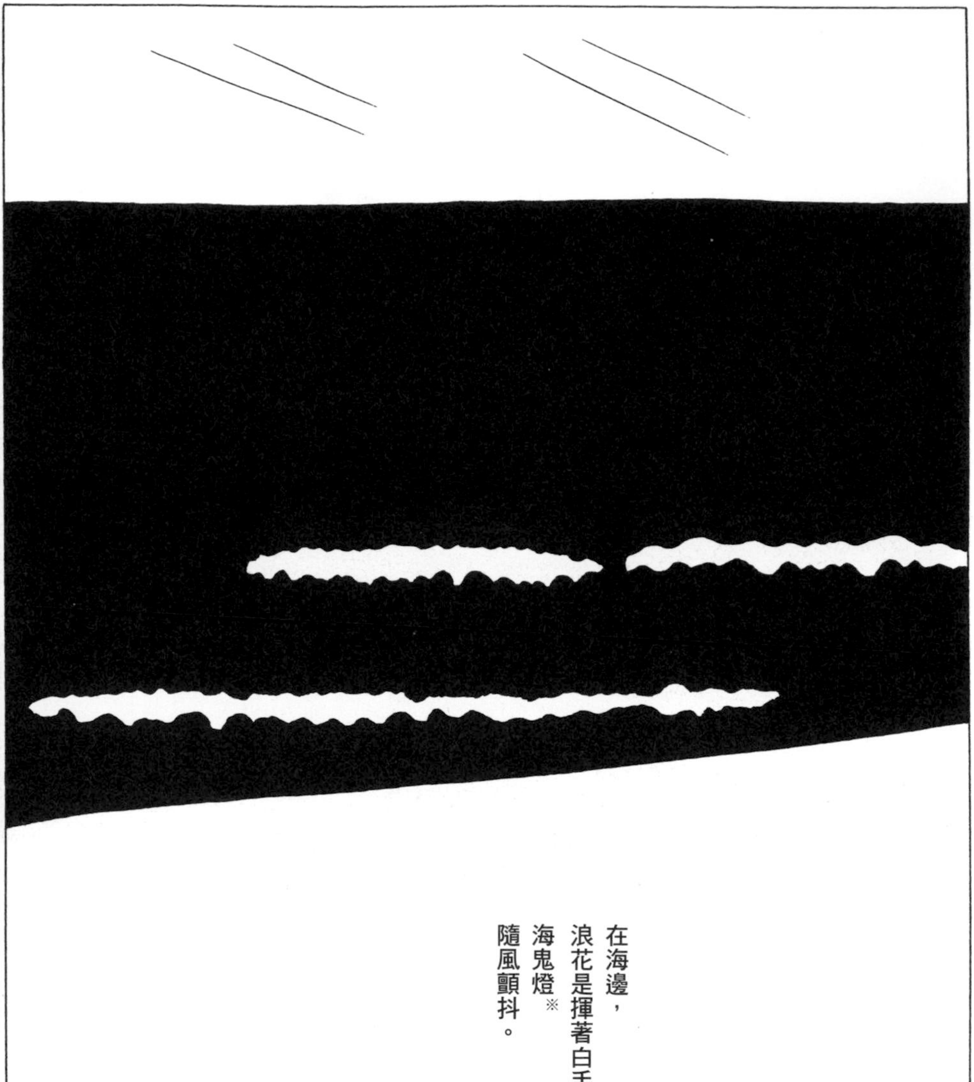
在海邊，
浪花是揮著白手的舞者，
海鬼燈※
隨風顫抖。

※ 海螺的卵囊

田川理
西風拂拂。

遠方小鎮冒出的
白煙映入眼簾。

水手之歌
繚繞於海邊巷弄，
被西風吹向他方。

終1977.1.5

# 退潮之際

那在海中的，並非人魚。
那在海中的，全是浪濤。

中原中也

那是我年紀尚小，
連火柴的硫磺味都能令我畏怯
的少年時代。
我和母親兩個人，
住在海邊的小鎮。

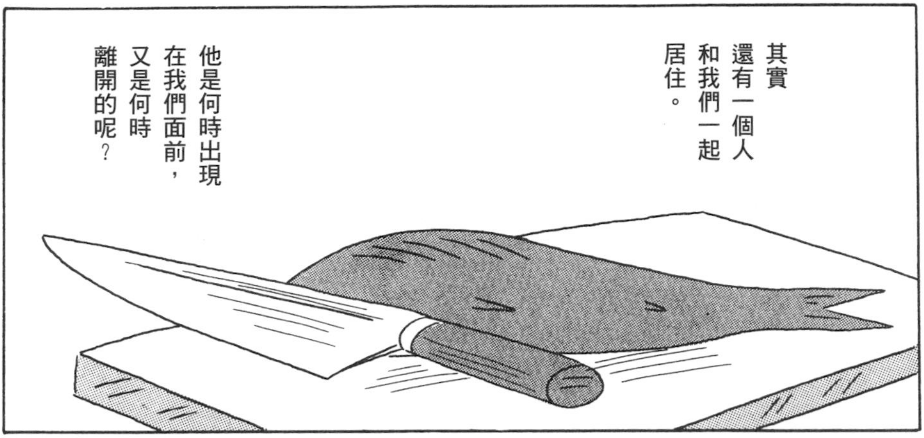
其實
還有一個人
和我們一起
居住。
他是何時出現
在我們面前，
又是何時
離開的呢？

我都不記得了。

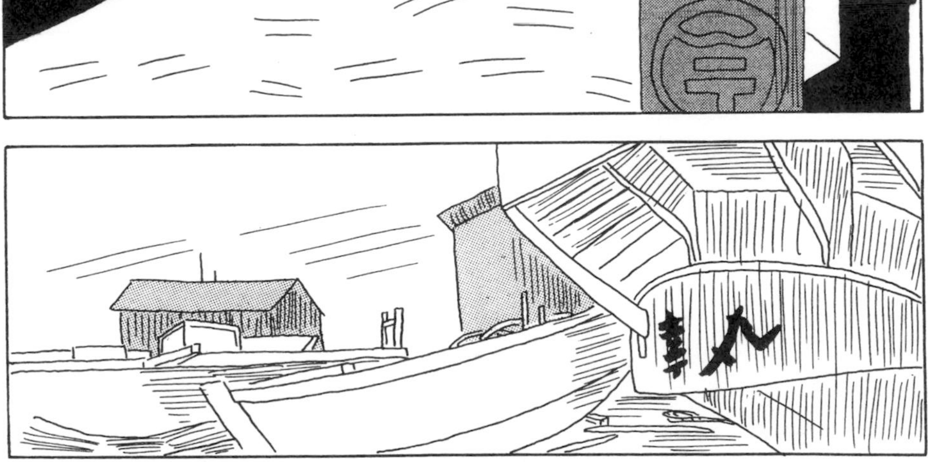

我回來了。
是阿昇嗎？
是的。
學校用品要確實帶齊喔。
出去外面之前要整理好明天的課表。
啊，也不可以忘記拜爸爸喔。
好的。
……
不可以一個人去海邊，要拜託邊屋的姐姐陪你去。
好。

別忘了戴草帽。陽光很強，吃顆酸梅乾再走喔。
唔——好酸。
不知姐姐在不在呀。
喀啦喀啦
是我。

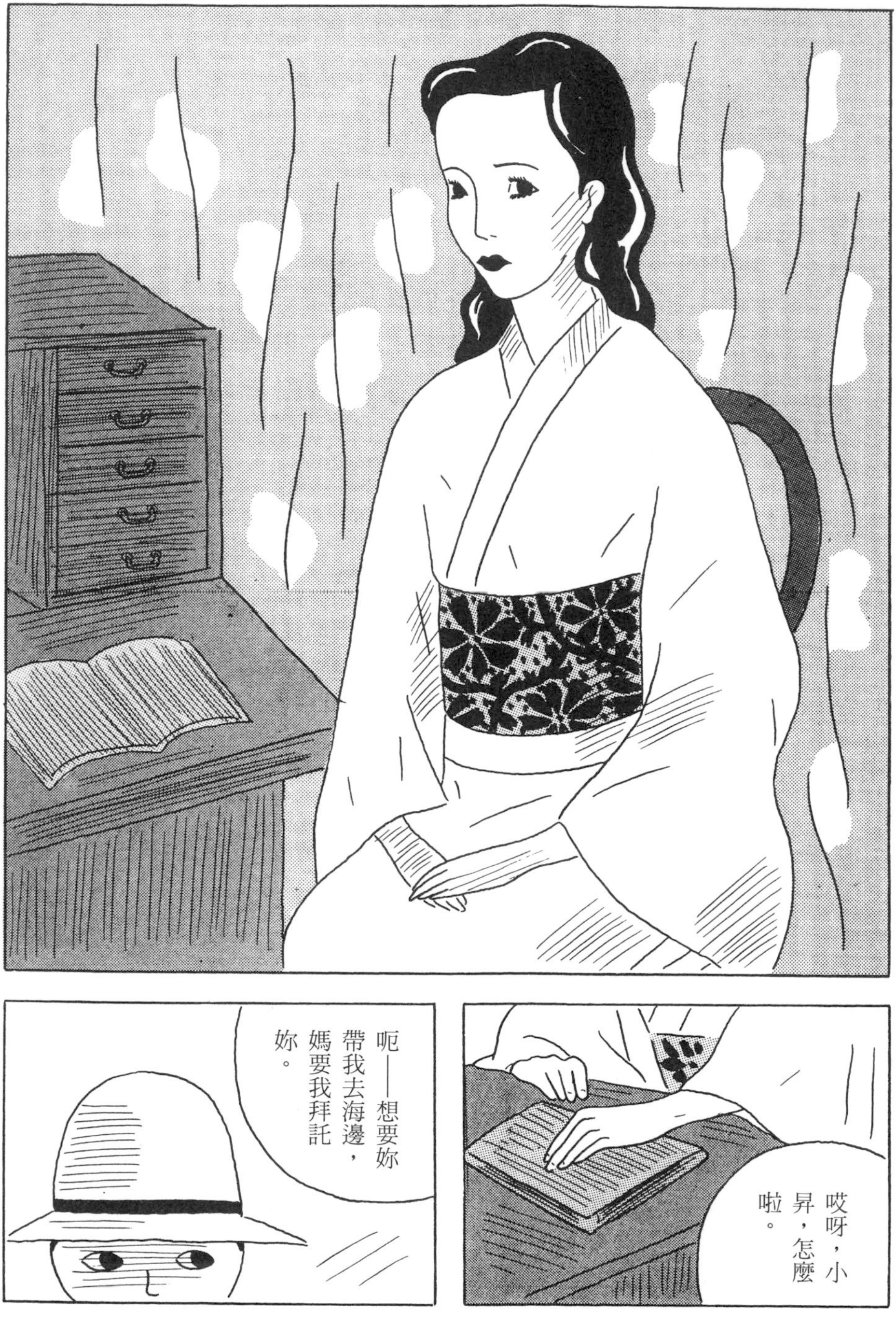
哎呀，小昇，怎麼啦。
呃——想要妳帶我去海邊，媽要我拜託妳。

姐姐喜歡海，
很喜歡喔，不過有時候呀……
有時候……看著海會感到困擾呢。

小昇長大以後也會出海吧？
出海，我不會出海喔，因為我覺得大海很可怕。
啊。

咕喳
甩

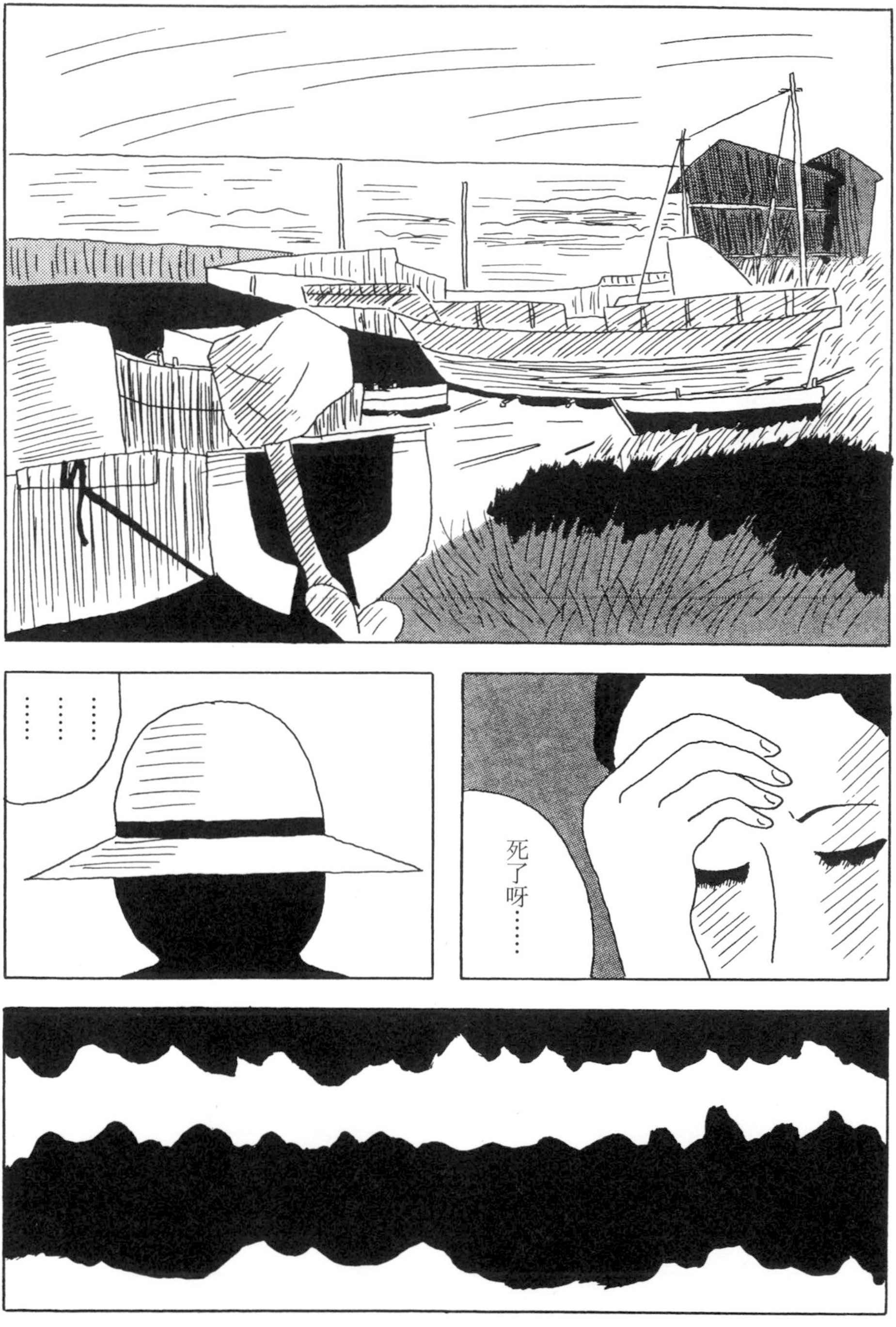
……
死了呀……

不知還能再活幾年呢。

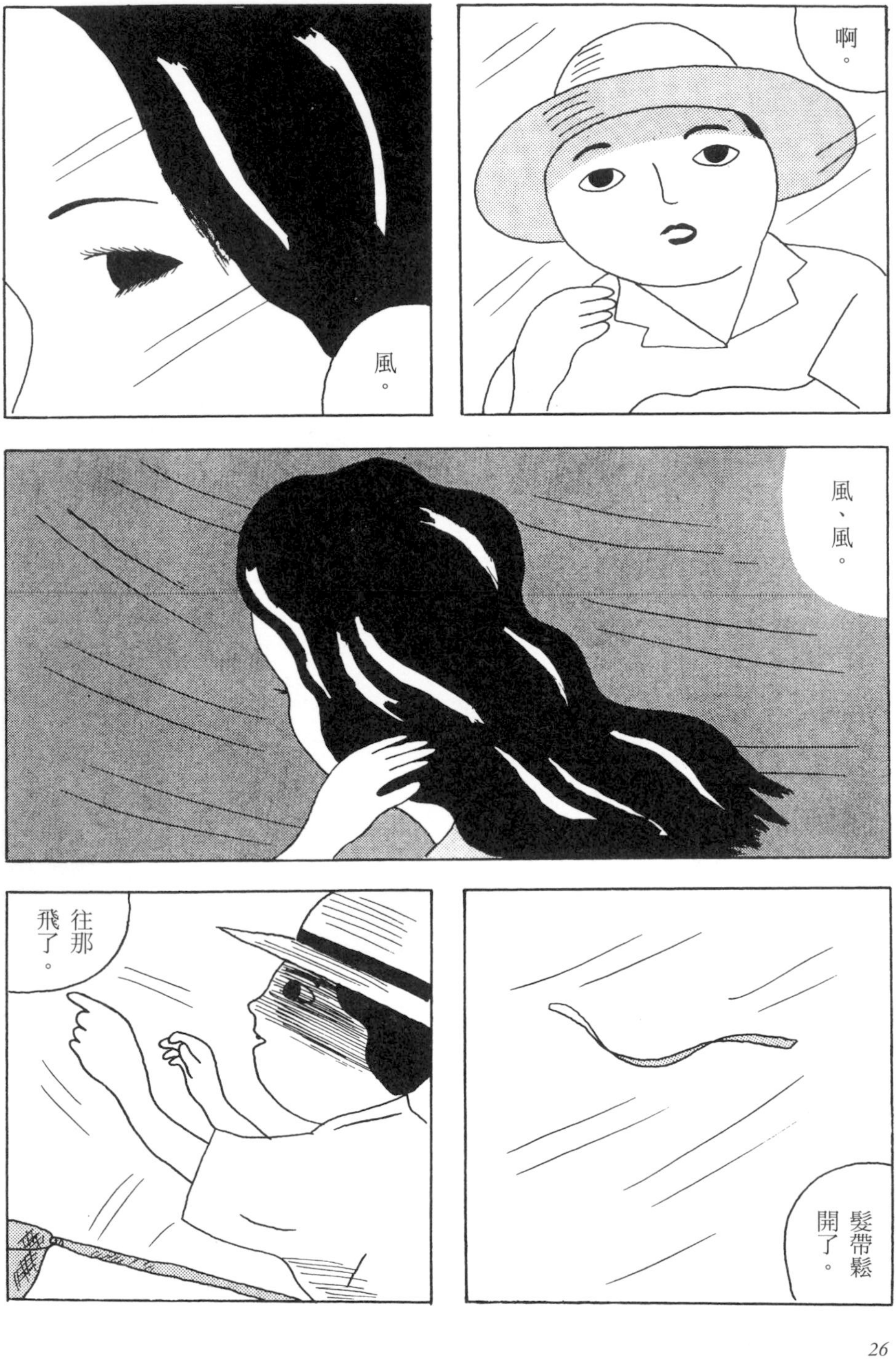
啊。
風。
風、風。
髮帶鬆開了。
往那飛了。

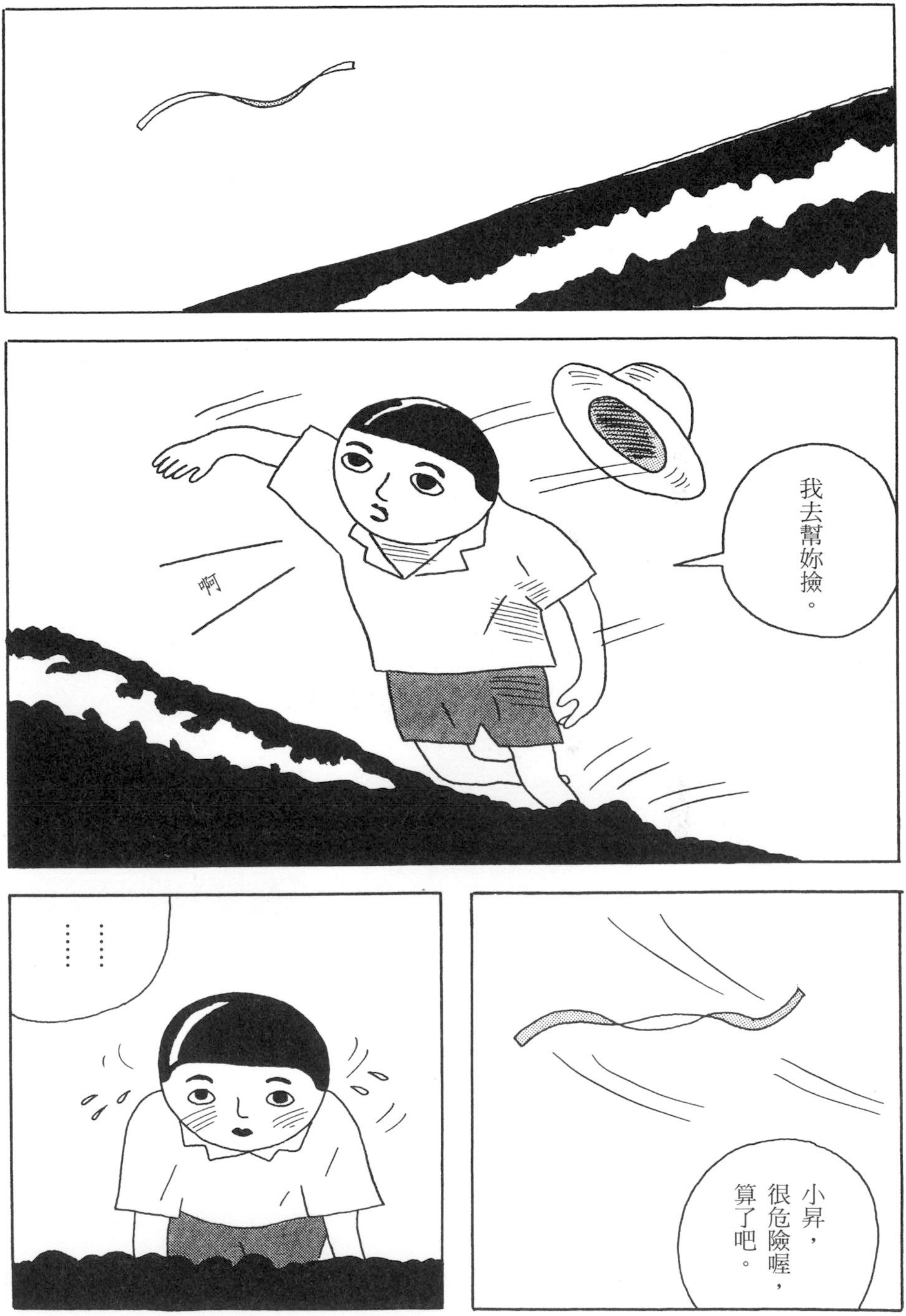
我去幫妳撿。
啊
……
小昇，很危險喔，算了吧。

終 1974.9.11

# 野火

這是平淡無奇的
星期四午後。
從校舍屋頂上望得見海。
晴空萬里，
田地呈現布料絣紋。

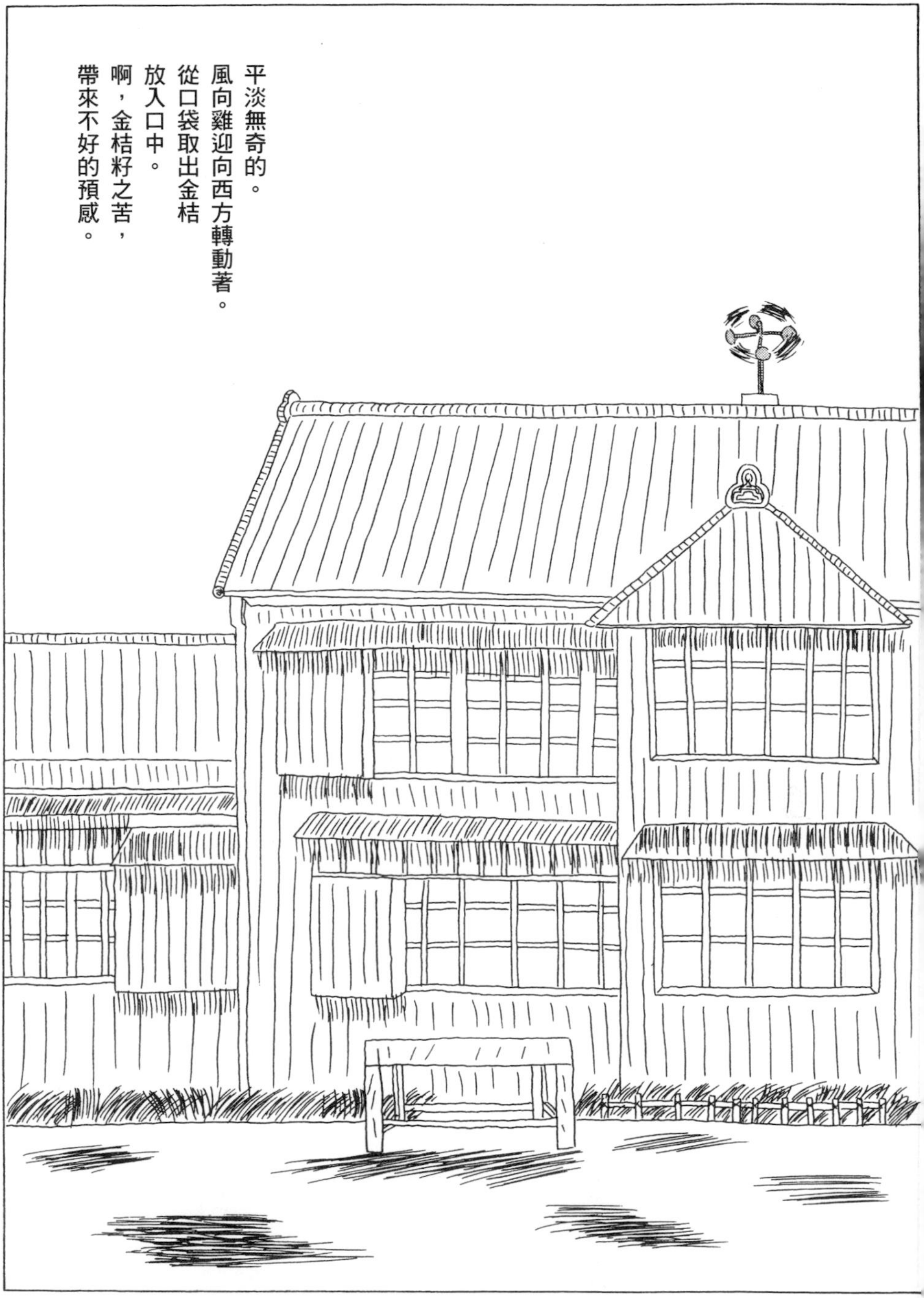
平淡無奇的。
風向雞迎向西方轉動著。
從口袋取出金桔
放入口中。
啊，金桔籽之苦，
帶來不好的預感。

那陣子我對自己的作畫成果很有自信。
應該是後期印象派吧。
這個時候，班導高木佐江的嗓音傳來了。
小西同學。
我一時慌了。
被逮到了嗎？
儘管如此，我還是慢慢從屋頂爬下來，努力不讓別人看見。
小西同學，你剛剛在哪畫圖？

我決定裝傻。
影子的畫法，我特別費心呢。
她卻默不作聲地瞪著我。
就在我不安起來的時候……
啪
啊

我還以為你是一定不會做那種事的人啊。
高木佐江的白色上衣隨風搖曳。

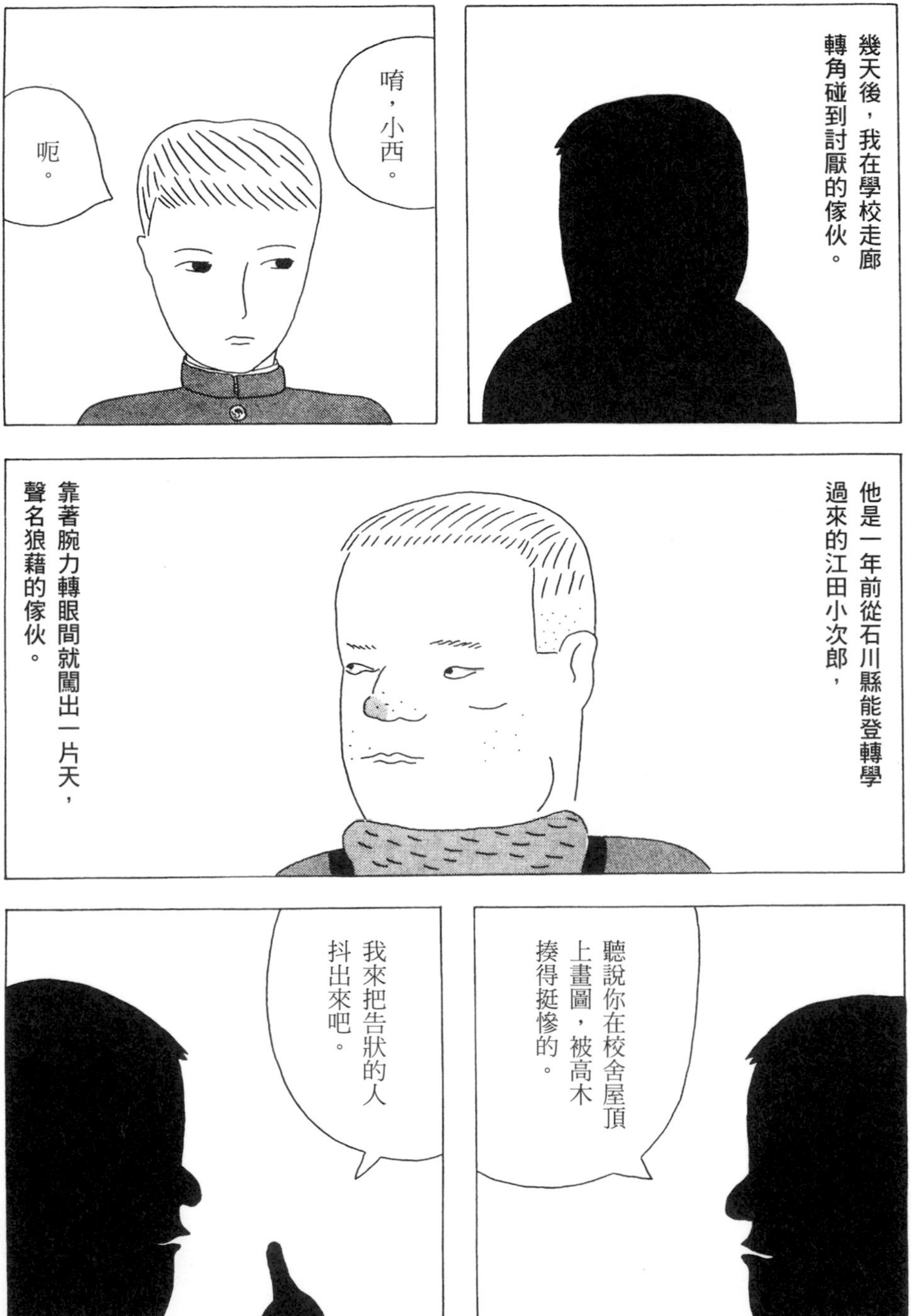
幾天後，我在學校走廊轉角碰到討厭的傢伙。
唷，小西。
呃。
他是一年前從石川縣能登轉學過來的江田小次郎，
靠著腕力轉眼間就闖出一片天，聲名狼藉的傢伙。
聽說你在校舍屋頂上畫圖，被高木揍得挺慘的。
我來把告狀的人抖出來吧。

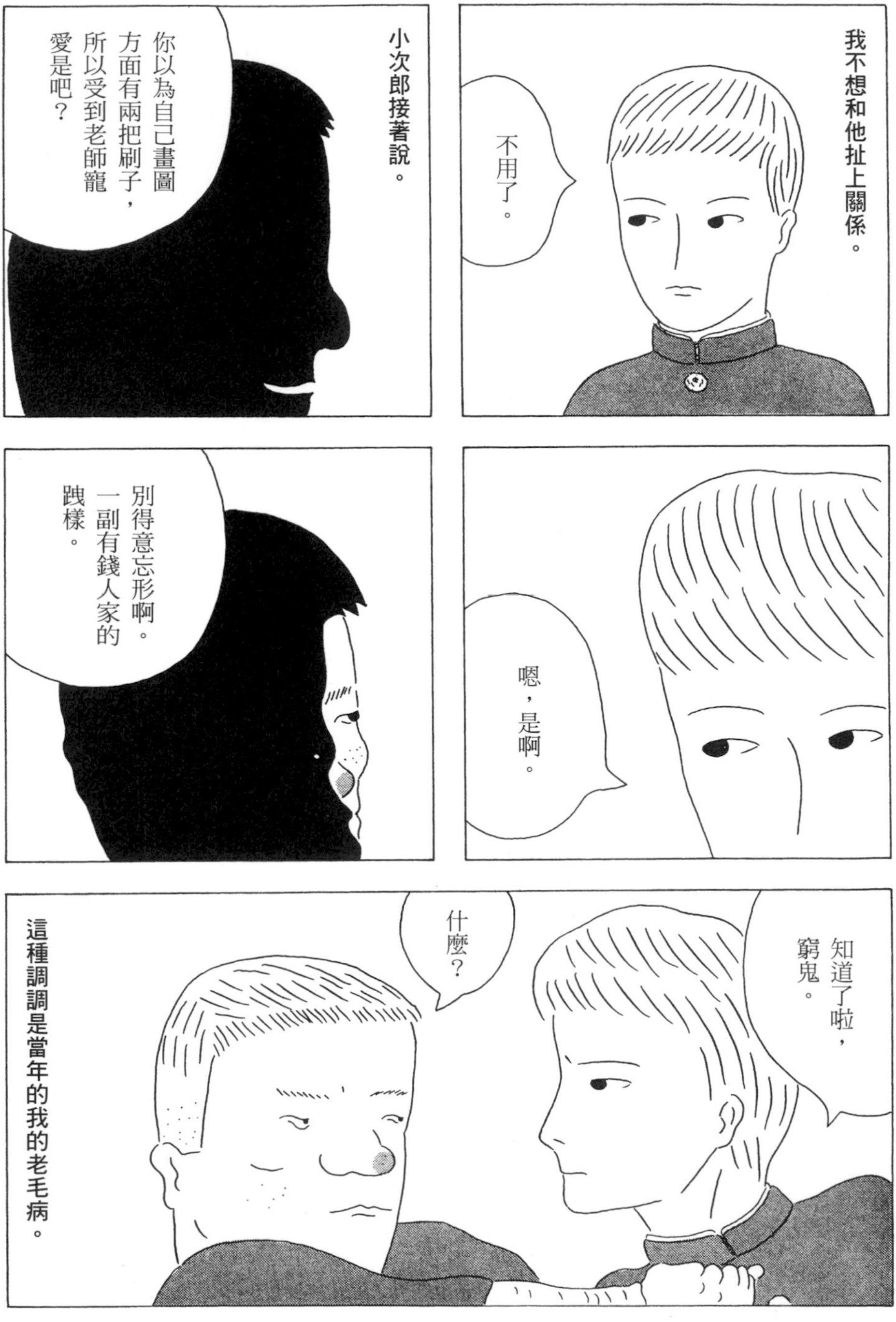
我不想和他扯上關係。
不用了。
小次郎接著說。
你以為自己畫圖方面有兩把刷子，所以受到老師寵愛是吧？
嗯，是啊。
別得意忘形啊。一副有錢人家的跩樣。
知道了啦，窮鬼。
什麼？
這種調調是當年的我的老毛病。

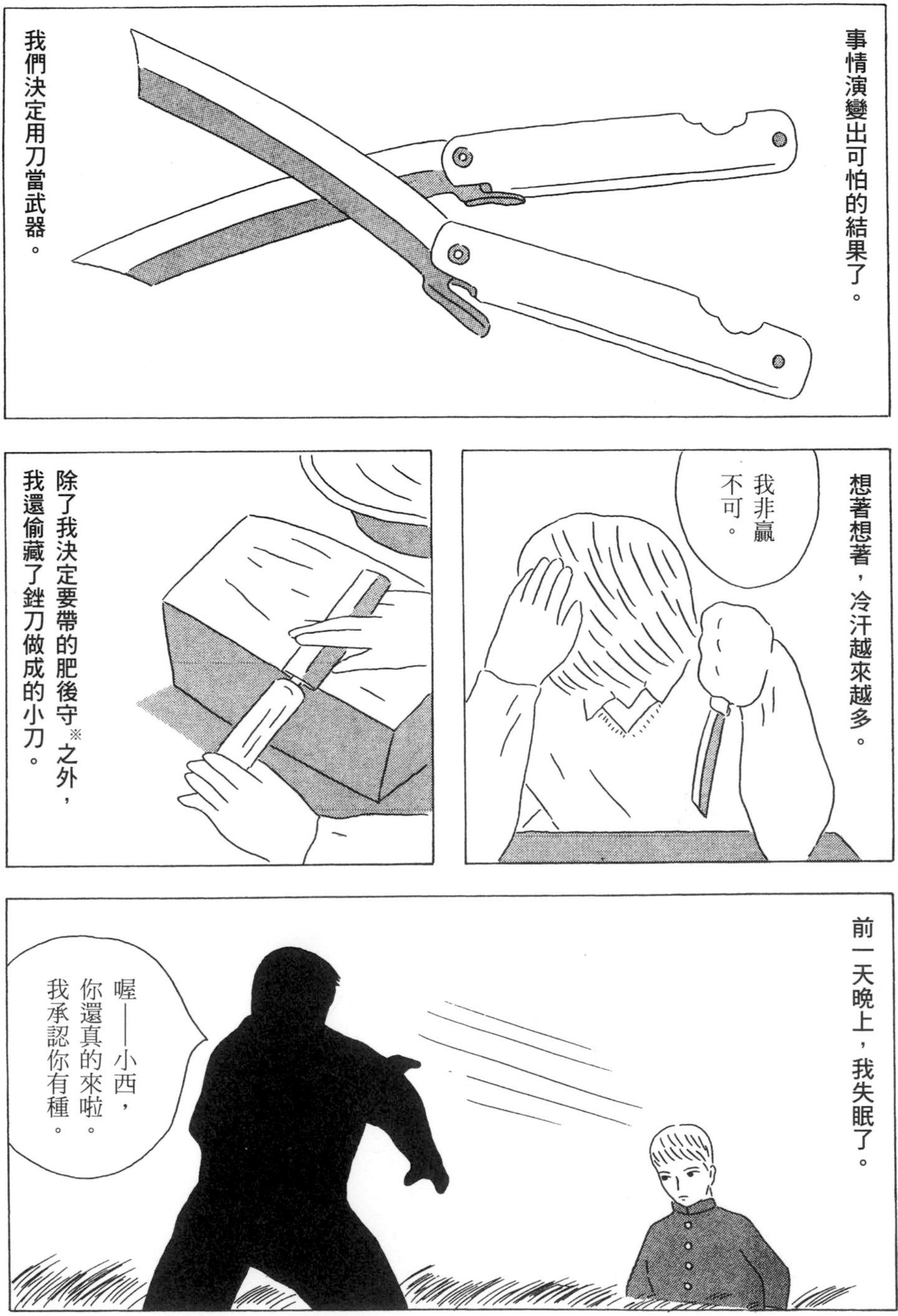
事情演變出可怕的結果了。
我們決定用刀當武器。
想著想著，冷汗越來越多。
我非贏不可。
除了我決定要帶的肥後守※之外，我還偷藏了銼刀做成的小刀。
前一天晚上，我失眠了。
喔——小西，你還真的來啦。我承認你有種。

※摺疊刀品牌。

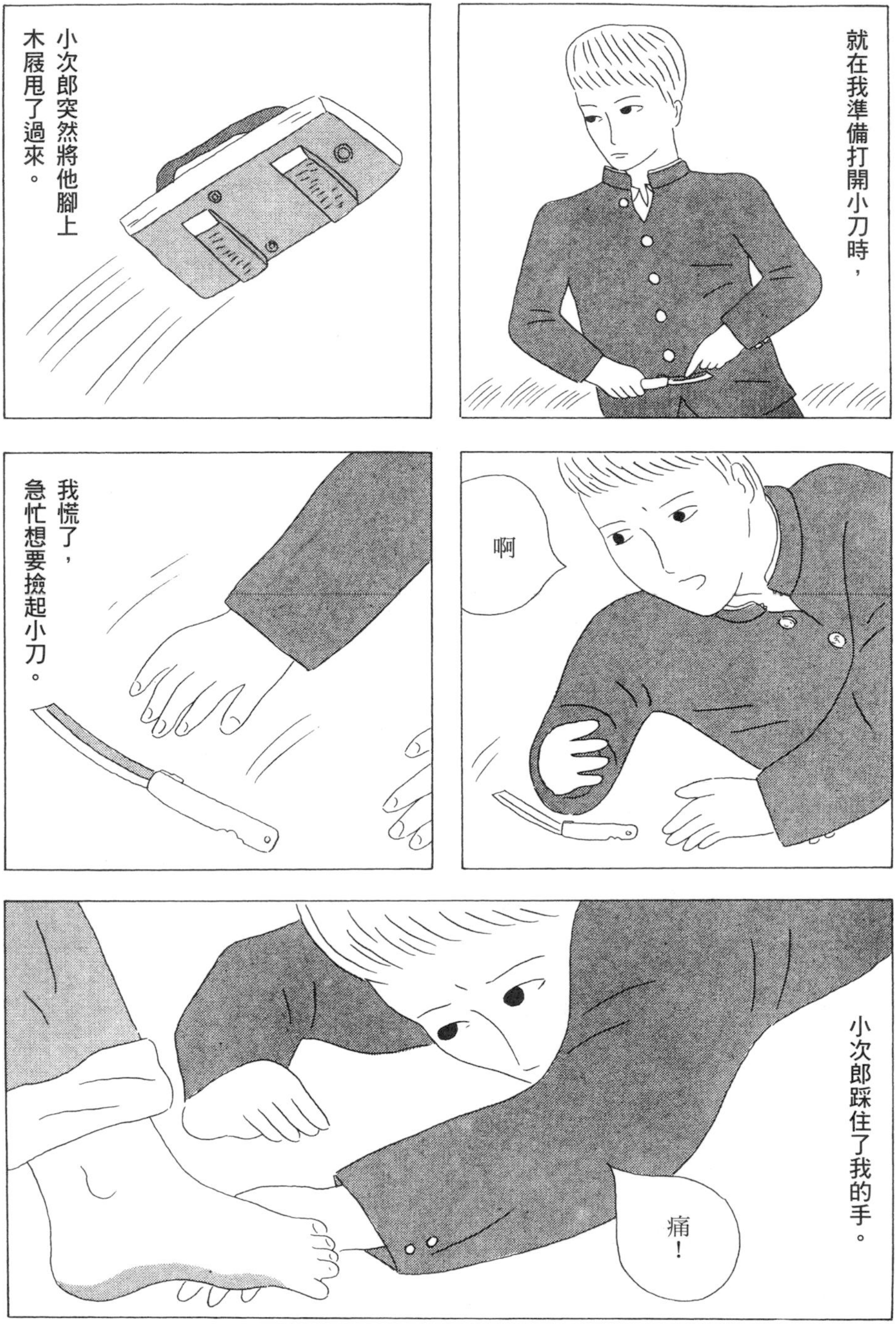
就在我準備打開小刀時，
小次郎突然將他腳上木屐甩了過來。
啊
我慌了，急忙想要撿起小刀。
小次郎踩住了我的手。
痛！

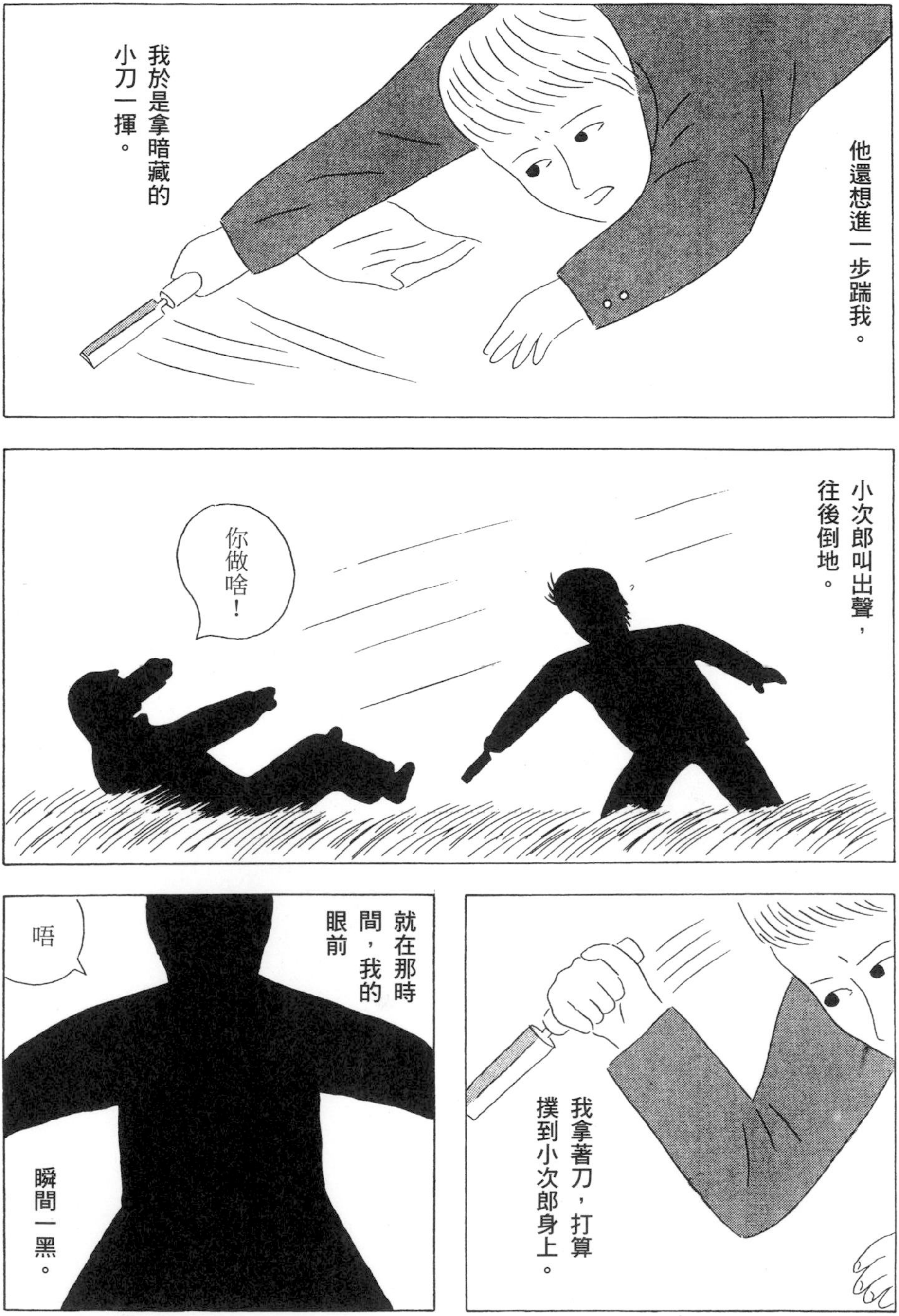
他還想進一步踹我。
我於是拿暗藏的小刀一揮。
小次郎叫出聲，往後倒地。
你做啥！
我拿著刀，打算撲到小次郎身上。
就在那時間，我的眼前
瞬間一黑。
唔

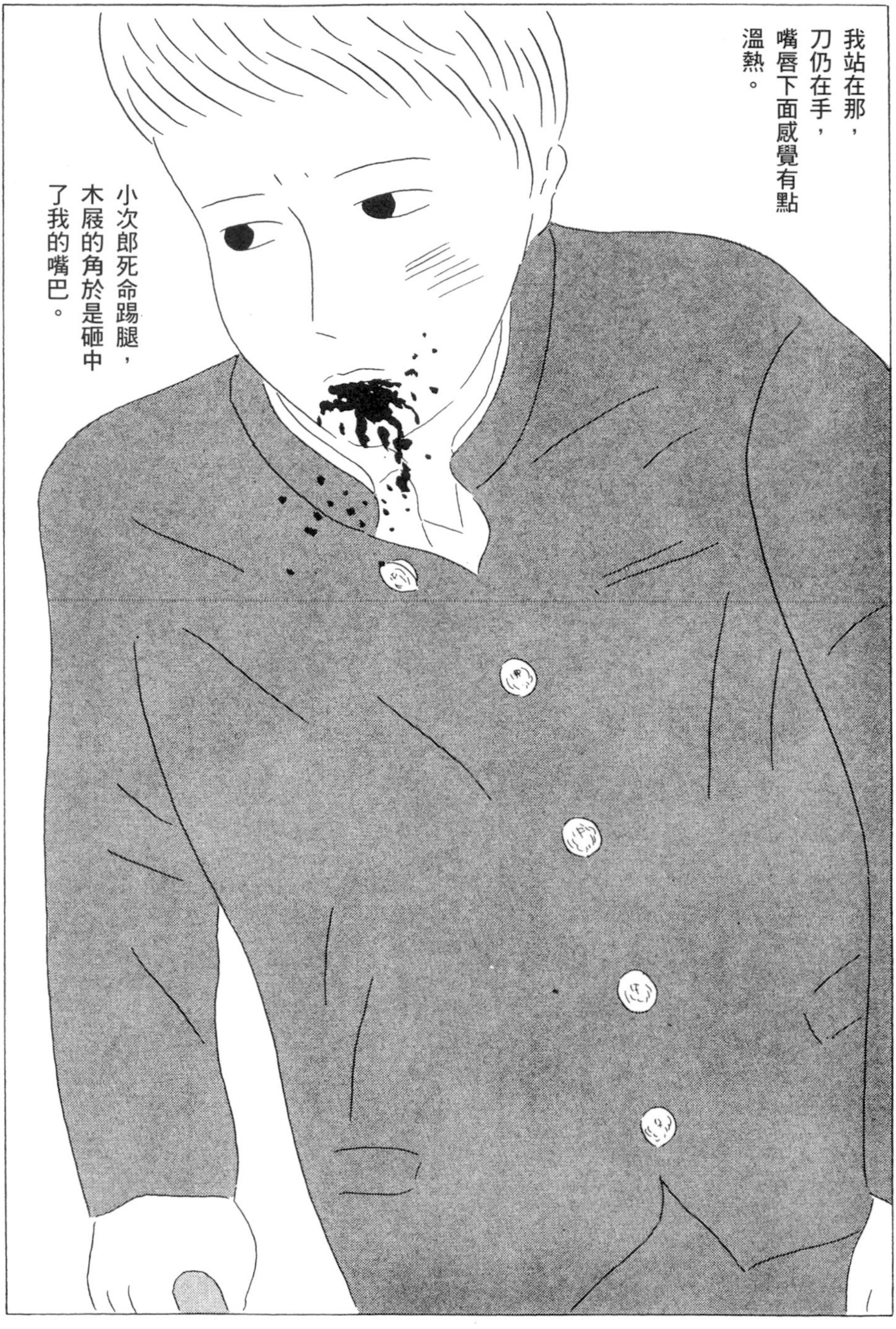
我站在那，
刀仍在手，
嘴唇下面感覺有點
溫熱。
小次郎死命踢腿，
木屐的角於是砸中
了我的嘴巴。

小西，就到為止吧。
我要宰了你。
我無意識地說溜了嘴。
小西，我不打囉。
你想逃嗎？撿起刀子。
小西，你這人挺不錯的呢，真意外。
小次郎跛著腳小跑步，走了。
我累壞了。

那一週結束前，我在走廊轉角又碰上了小次郎。
唷，嘴唇還好嗎？
沒怎樣。
其實我嘴唇下面縫了三針。
我那時候一大早就開始牙痛，狀況很差啊。
還有，我下個月又要轉學了，因為我爸工作的關係。
小次郎離開鎮上的那天，我在高台道路上等待小次郎搭的那班火車。

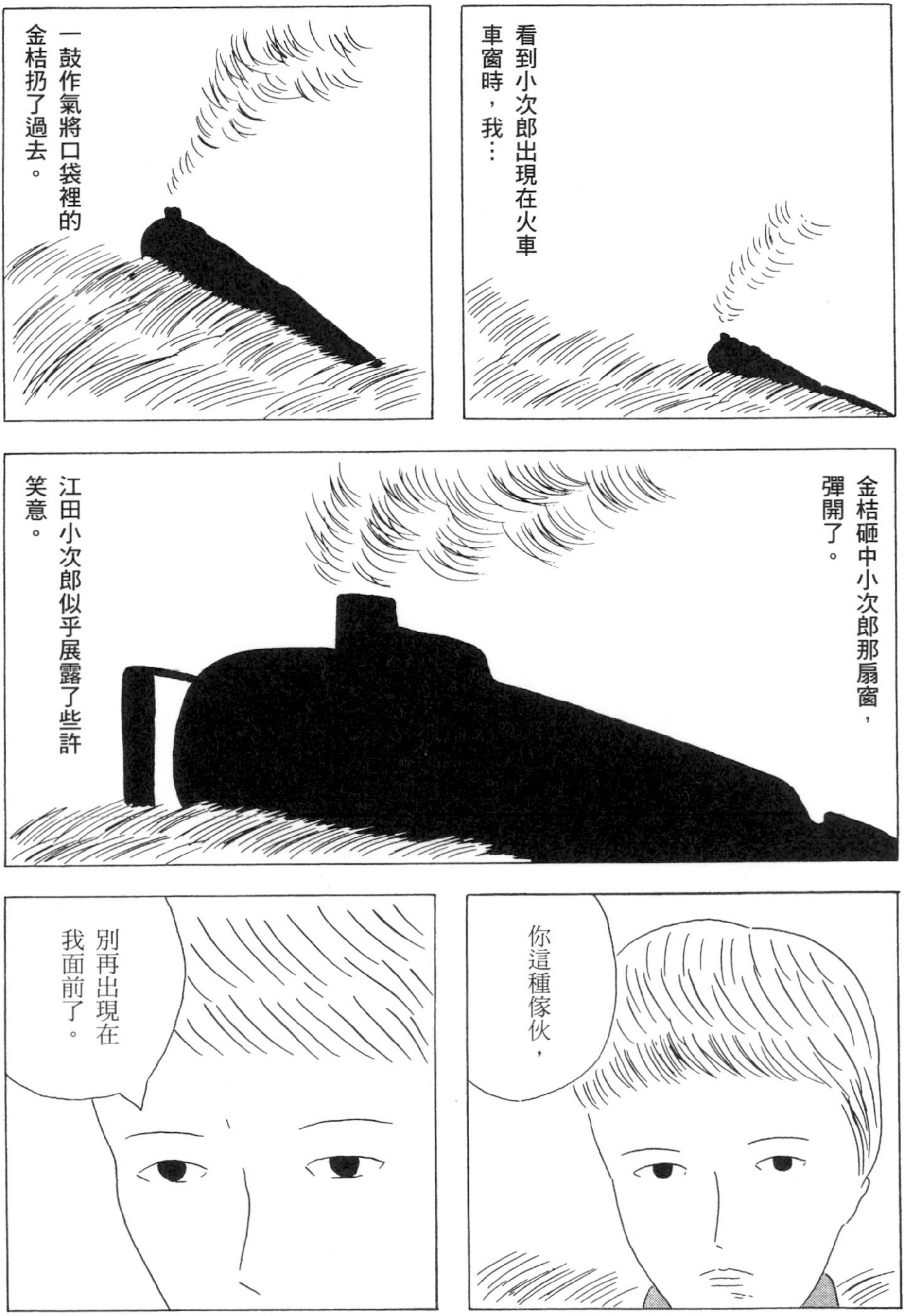
看到小次郎出現在火車車窗時，我⋯⋯
一鼓作氣將口袋裡的金桔扔了過去。
金桔砸中小次郎那扇窗，彈開了。
江田小次郎似乎展露了些許笑意。
你這種傢伙，
別再出現在我面前了。

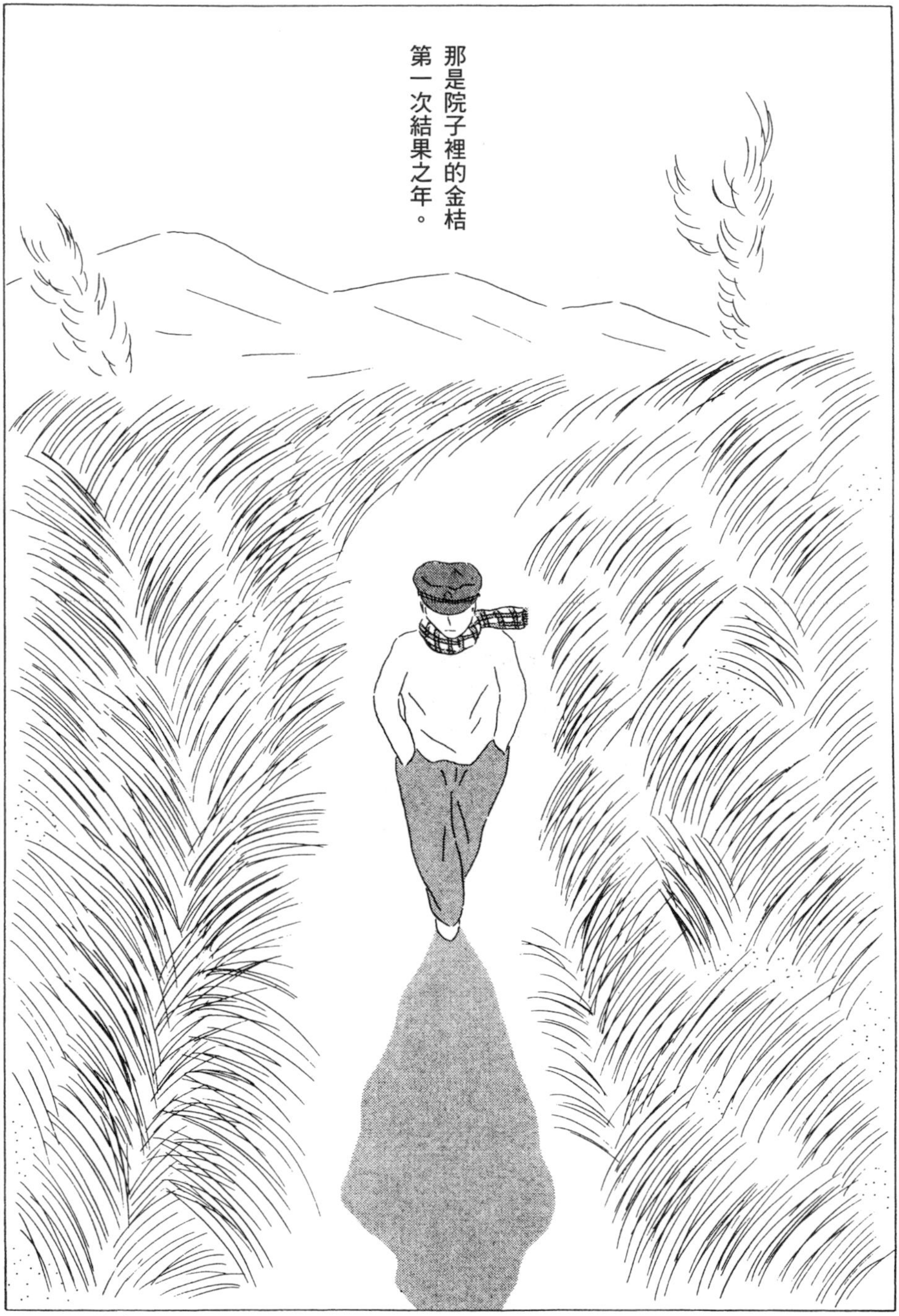


終 1976.10.9

# 春日疾風

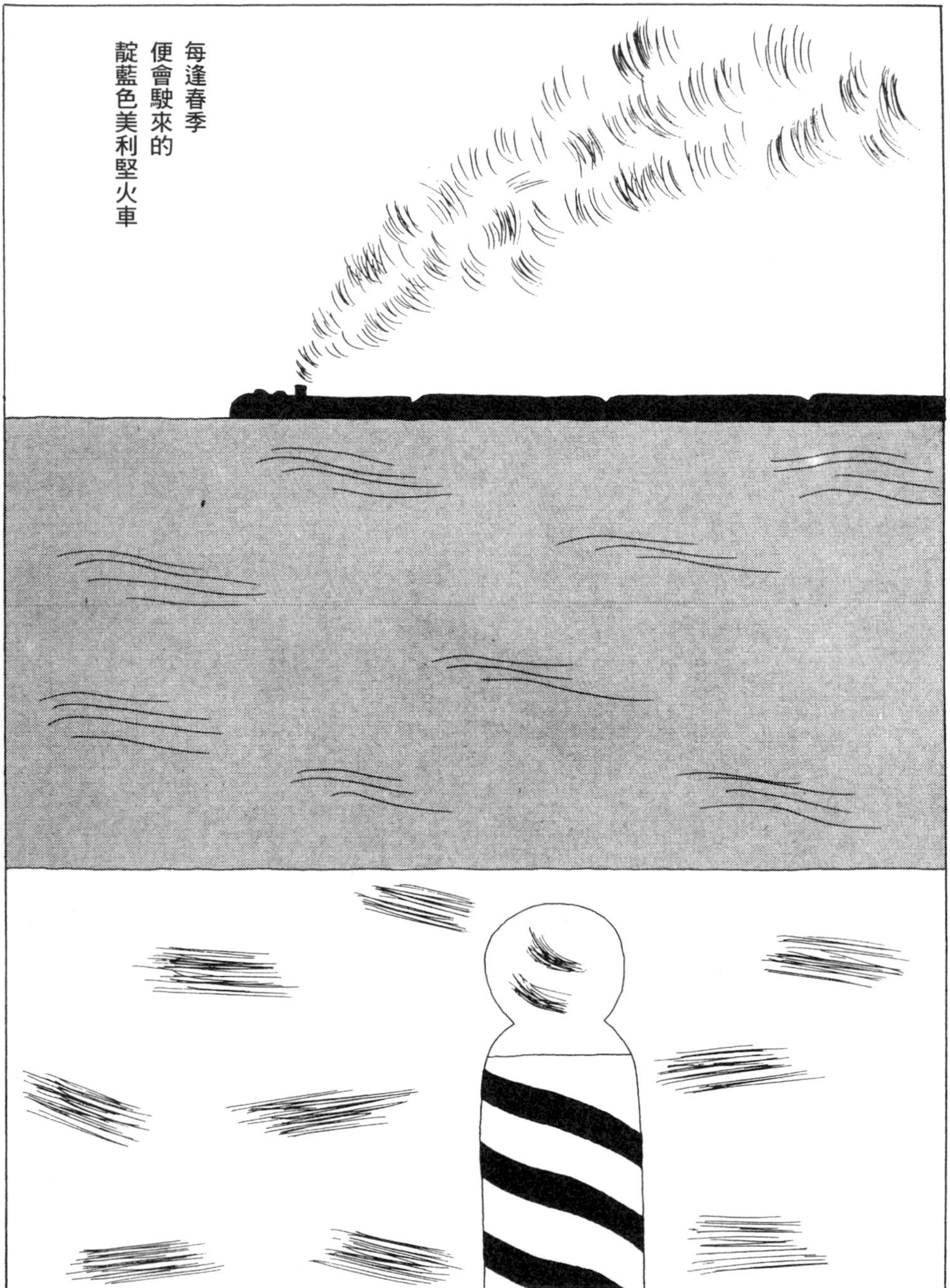
每逢春季
便會駛來的
靛藍色美利堅火車

吞下賽璐珞般
單薄的水平線
喝下 Chock full o' Nuts 牌
純咖啡，同時
駛來的
靛藍色美利堅火車

那一天，
吹起了春季的
第一道偏南風。
雀大会
山と川のある町
漁館
這座小鎮的電影院，只在週六
和週日放映。
禁煙
幹得好
啊，阿錦。

休息時間播放著春日八郎的〈阿富〉，喇叭都破音了。
請給我花生。
我讀了袋子裡的小籤。
「花朵將凋零，凋零者乃該女子，灑落之淚雨。」這啥啊。
就在這時，有人從後方出聲叫我。
唷，小西。
嗓音的主人是種子商店的長男，坂本文治。
你一個人來看電影啊。
炯炯有神
他是出了名的用功學生，就讀名校安房第一高中二年級。

我和文治一同走在看完電影的回家路上。
安房一高的招生考試是不是很難啊？
文治完全沒在聽我說話。
咦？嗯，高千穗日鶴很棒呢。
他只回我這囈語似的一句話。
理髮廳的敬三，去年落榜了呢。
中村錦之助
高千穗ひづる
東千代之助
高千穗日鶴的迷人之處，果然是眼睛吧。
其實我今年春天也預定要報考安房一高。
考題有什麼傾向，你又是怎麼制定對策的呢？
嗯——錦之助像這樣抱住她。嗯——高千穗日鶴。
沒辦法，我只好把話題轉回電影。

文治，是不是經常有人說你長得像錦之助啊？
文治突然變得寡言。
臭臉
我以為他生氣了，於是稍微換個說法。
我的朋友都這樣說喔。
臭臉
看來他其實很開心卻忍著不表現出來，很害羞的樣子。
接著…
大致上，會那樣說的人有很高的比例是女生呢。
他才剛撇下這種話，馬上又突然…
要不要去海邊？我讓你看個好東西喔。
我乖乖跟著去了。

我們走碼頭旗魚工廠旁邊的路，來到沙灘上。
風不時颳起沙子。
幫我拿著。
文治脫下毛衣，身上只剩一件短袖上衣。
毛衣上有安房一高的徽章，閃閃發光。
你要做什麼呀？
文治讓手指發出啪啦啪啦聲，
哈—嘻—
哈—嘻—
開始一下縮起、一下放鬆腹部。

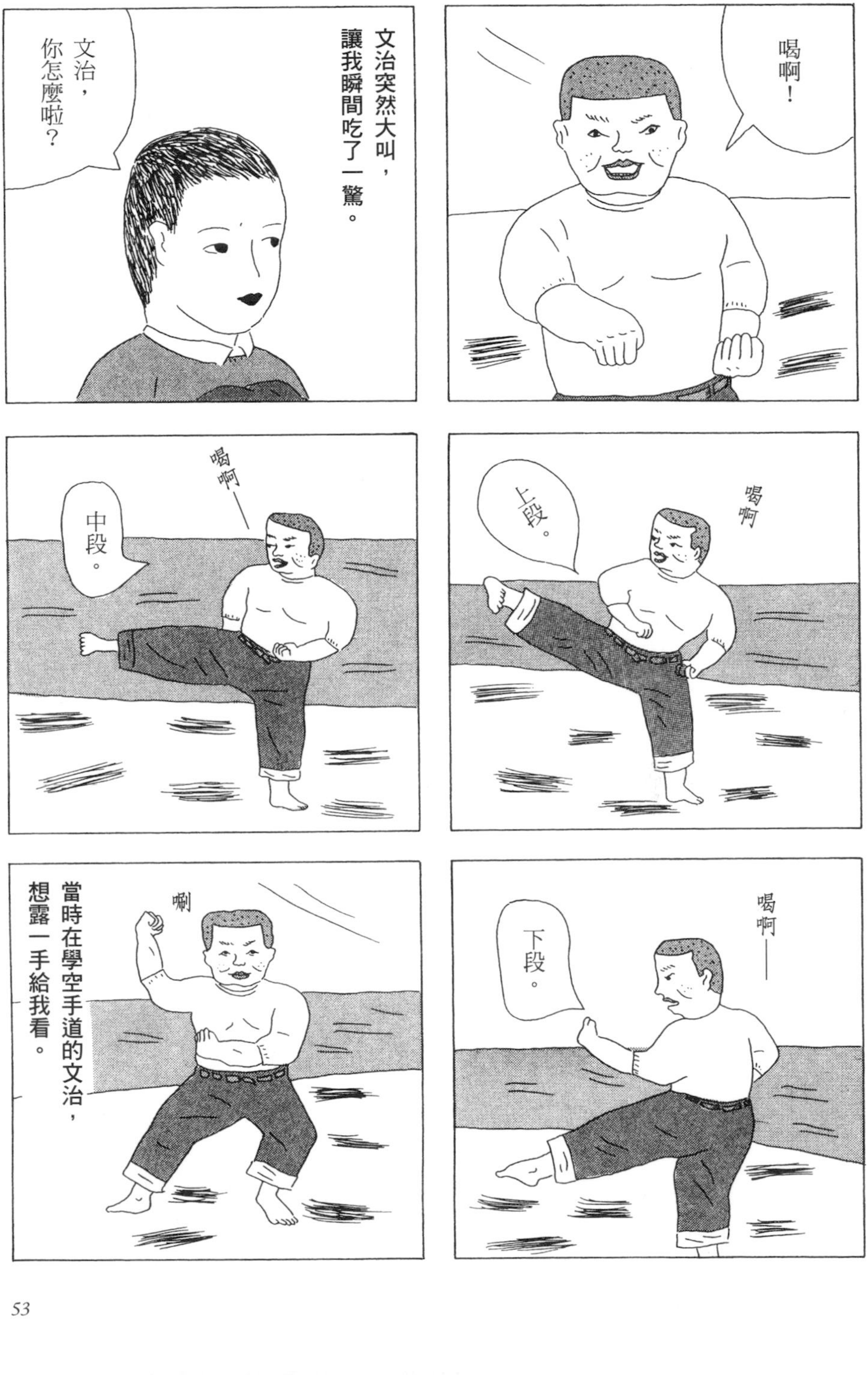
喝啊！
文治突然大叫，讓我瞬間吃了一驚。
文治，你怎麼啦？
喝啊
上段。
喝啊——
中段。
喝啊——
下段。
唰
當時在學空手道的文治，想露一手給我看。

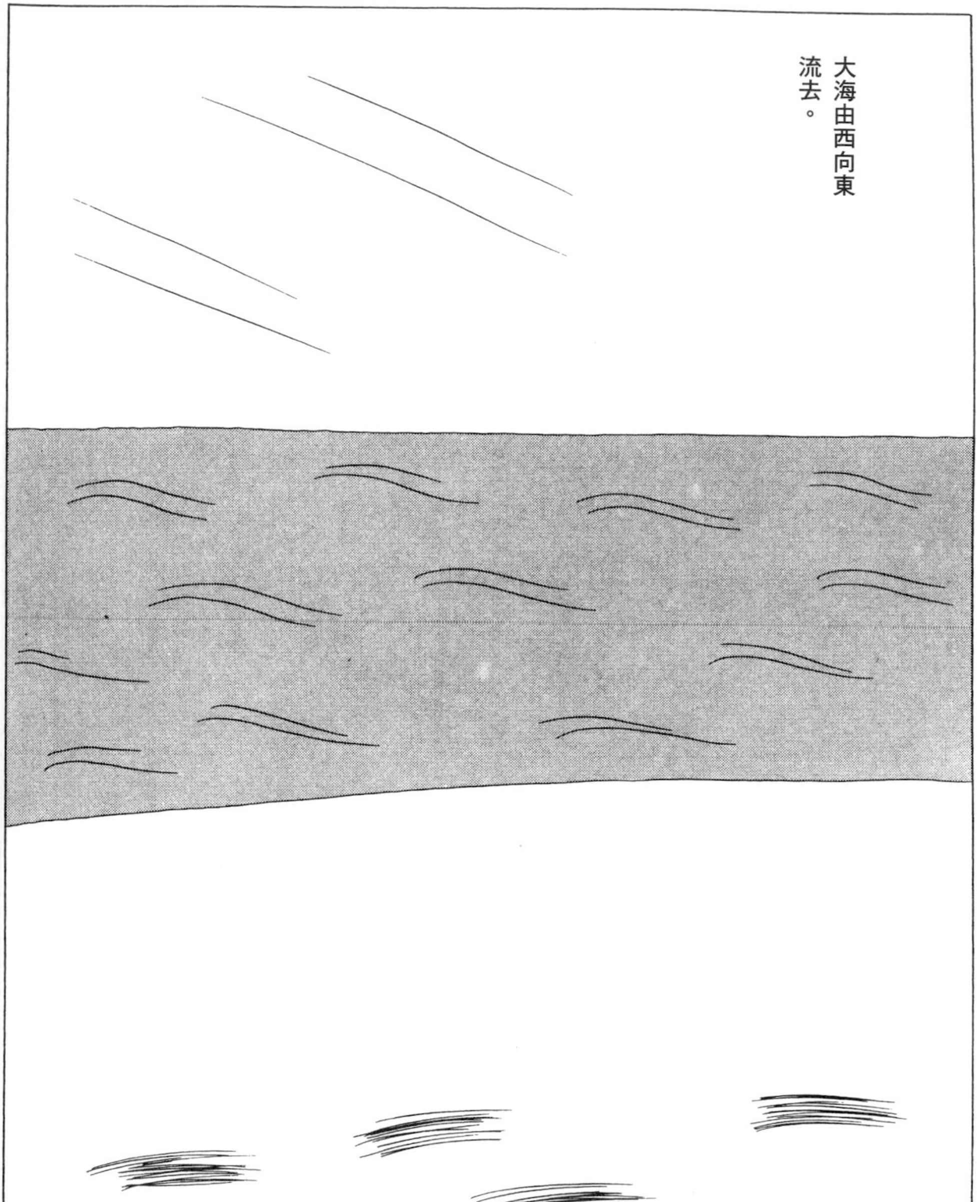
大海由西向東
流去。

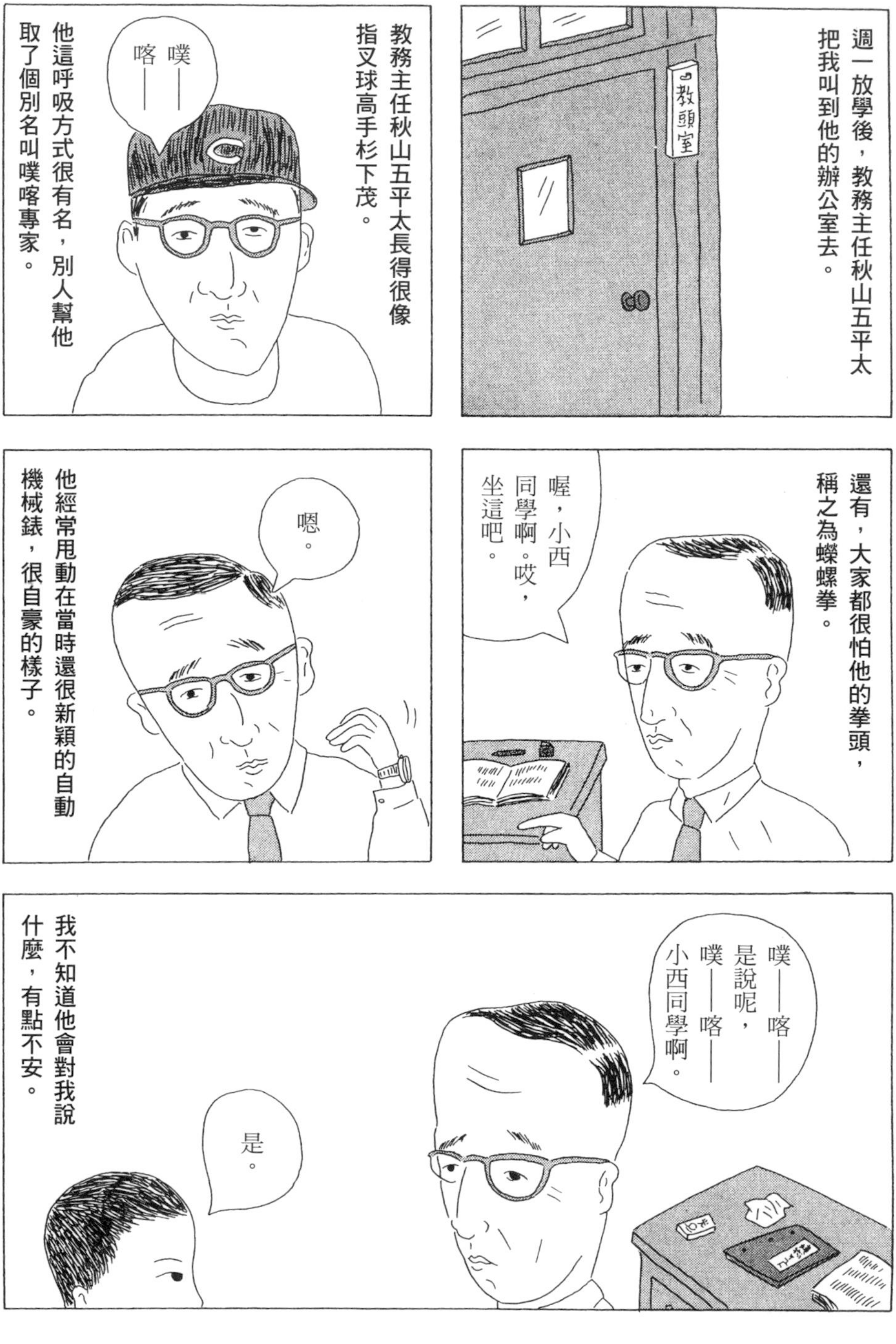
週一放學後，教務主任秋山五平太把我叫到他的辦公室去。
教頭室
教務主任秋山五平太長得很像指叉球高手杉下茂。
噗—— 喀——
他這呼吸方式很有名，別人幫他取了個別名叫噗喀專家。
還有，大家都很怕他的拳頭，稱之為蠑螺拳。
喔，小西同學啊。哎，坐這吧。
嗯。
他經常甩動在當時還很新穎的自動機械錶，很自豪的樣子。
噗——喀——是說呢，噗——喀——小西同學啊。
是。
我不知道他會對我說什麼，有點不安。

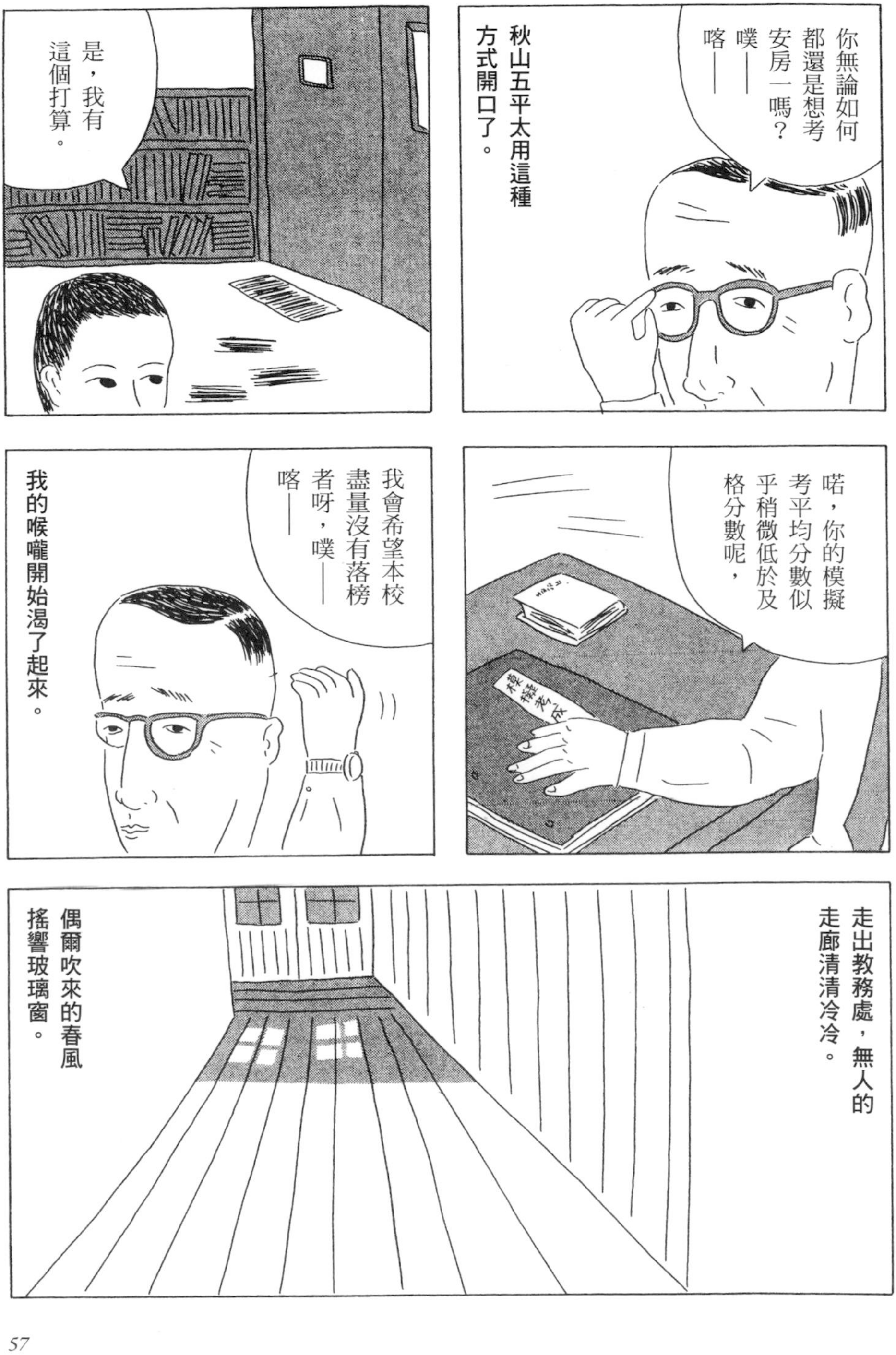
你無論如何都還是想考安房一嗎？噗——咯——
秋山五平太用這種方式開口了。
是，我有這個打算。
喏，你的模擬考平均分數似乎稍微低於及格分數呢，
我會希望本校盡量沒有落榜者呀，噗——咯——
我的喉嚨開始渴了起來。
走出教務處，無人的走廊清清冷冷。
偶爾吹來的春風搖響玻璃窗。

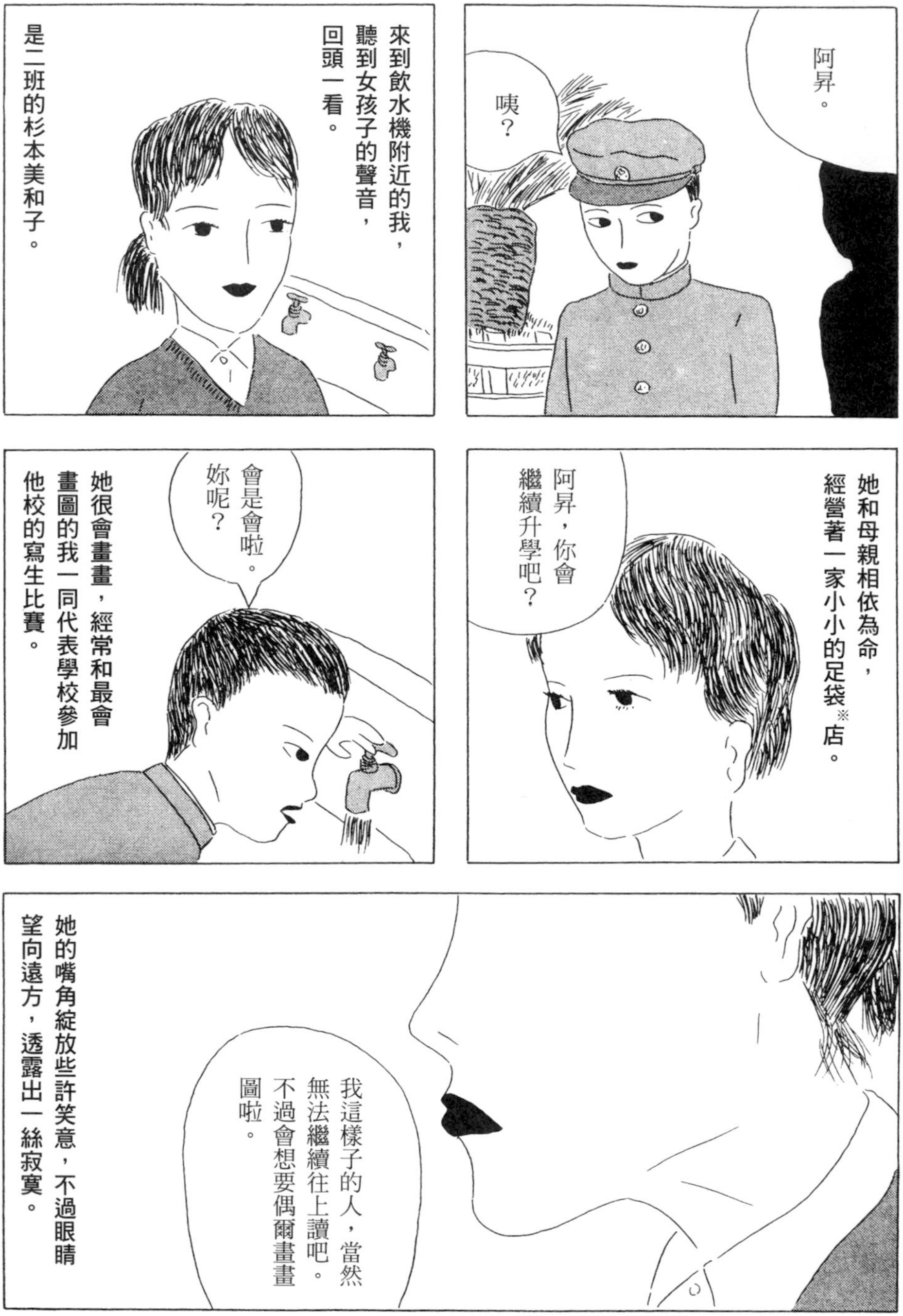
阿昇。
咦？
來到飲水機附近的我，
聽到女孩子的聲音，
回頭一看。
是二班的杉本美和子。
她和母親相依為命，
經營著一家小小的足袋※店。
阿昇，你會繼續升學吧？
會是會啦。妳呢？
她很會畫畫，經常和最會畫圖的我一同代表學校參加他校的寫生比賽。
我這樣子的人，當然無法繼續往上讀吧。不過會想要偶爾畫畫圖啦。
她的嘴角綻放些許笑意，不過眼睛望向遠方，透露出一絲寂寞。

※分趾襪。

阿昇，拍照吧，一起拍一張。我借了相機來。
咦！和我？為什麼？
我有點退縮，不過附近沒有別人在。
你看，這個有自動快門喔。
好，開了一片花那個地方不錯。
我指著校庭外圍盛開的雜草之花。
自動快門的「茲——」聲，乘著吹過校庭的風傳來。
我若無其事地將手搭到她的肩膀上。

第二道春季偏南風來了，
第三道走了。
這年春天，鎮上最多人談論的話題
不是我考試落榜，而是我鬆開制服衣領、
搭著女學生肩膀拍的那張照片。
花

終 1977.1.28

# 彎路

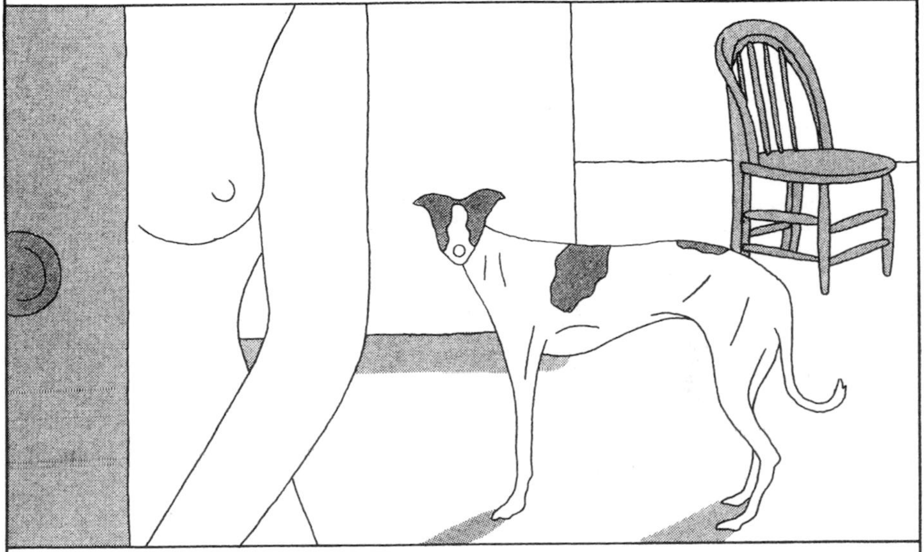

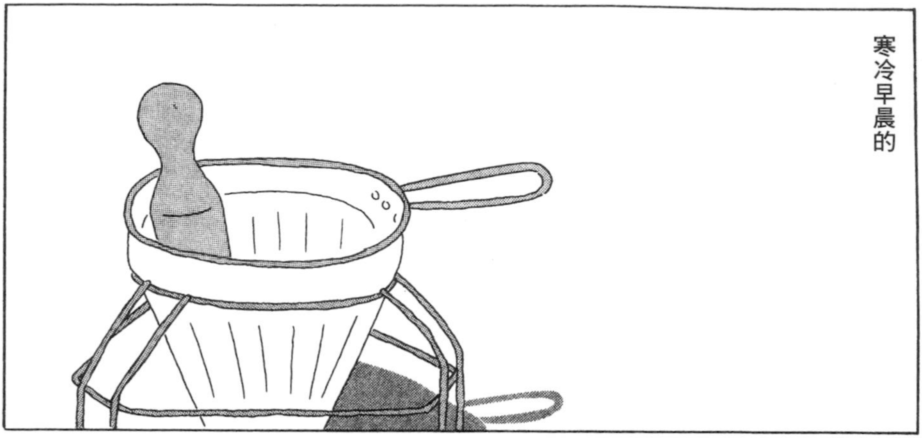
寒冷早晨的

夢是去完馬戲團的後續

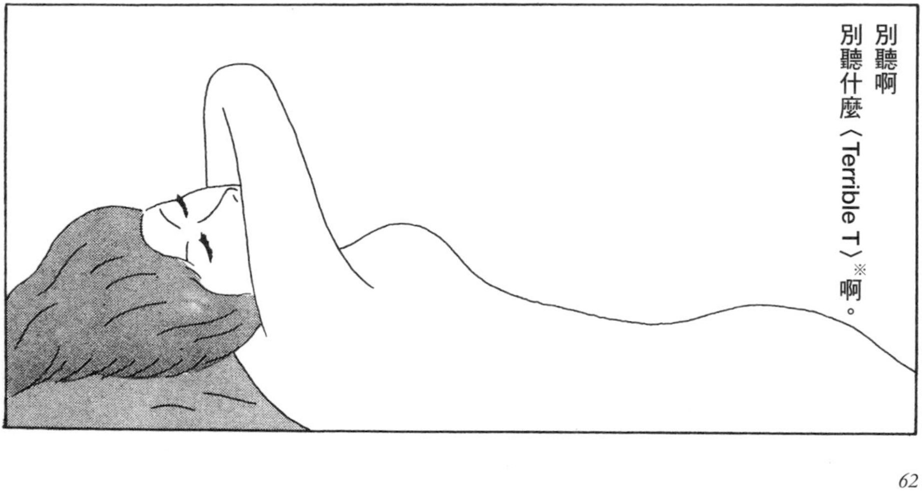
別聽啊
別聽什麼〈Terrible T〉※啊。

※〈Terrible T〉=小號手李・摩根的原創曲，由大提琴前奏起頭，很有放克味的曲目。

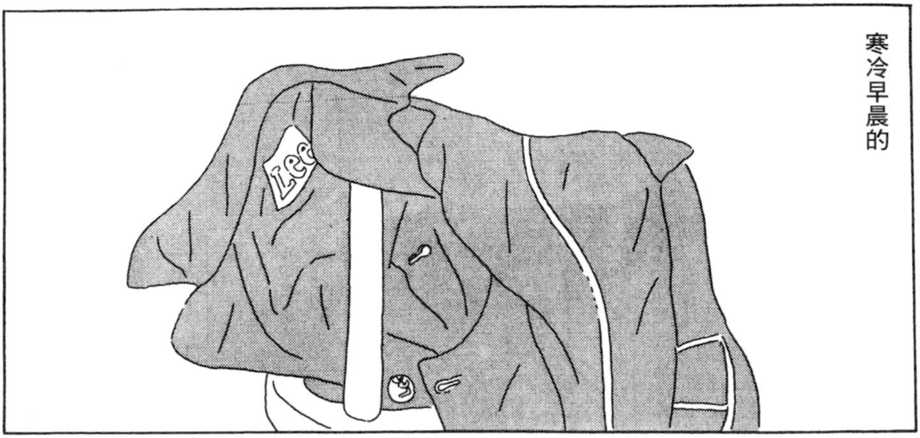
寒冷早晨的
Lee

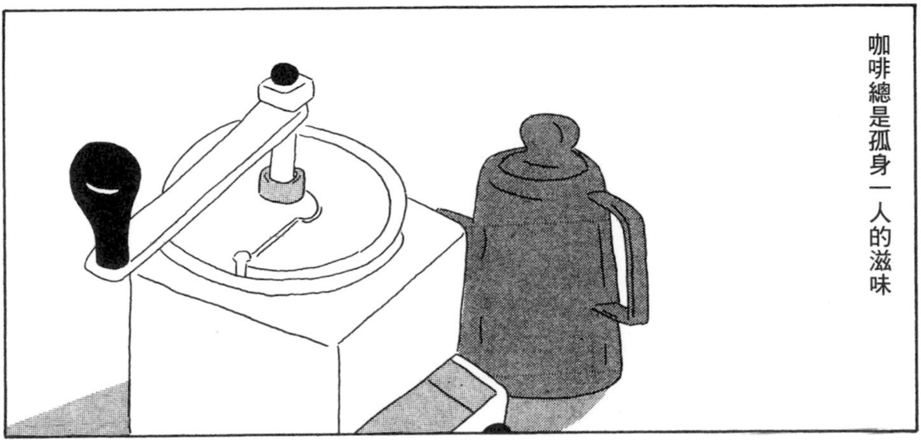
咖啡總是孤身一人的滋味

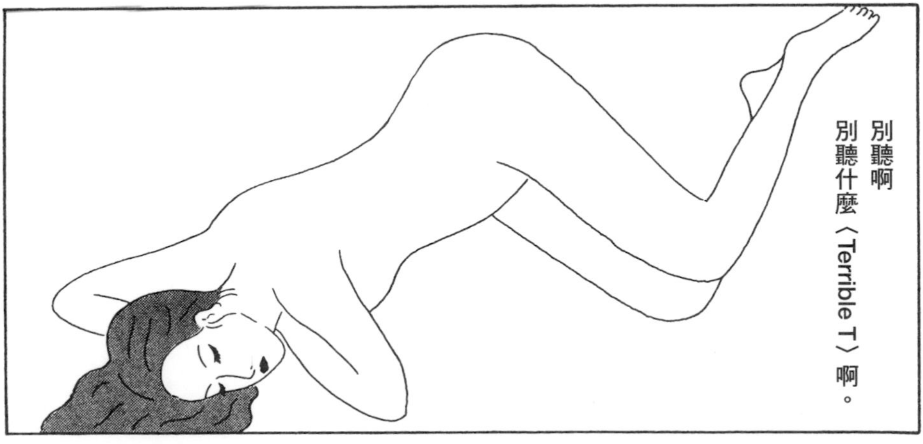
別聽啊
別聽什麼〈Terrible T〉啊。

外頭下著雪。
似乎是暴風雪喔。

你踩著縫紉機。

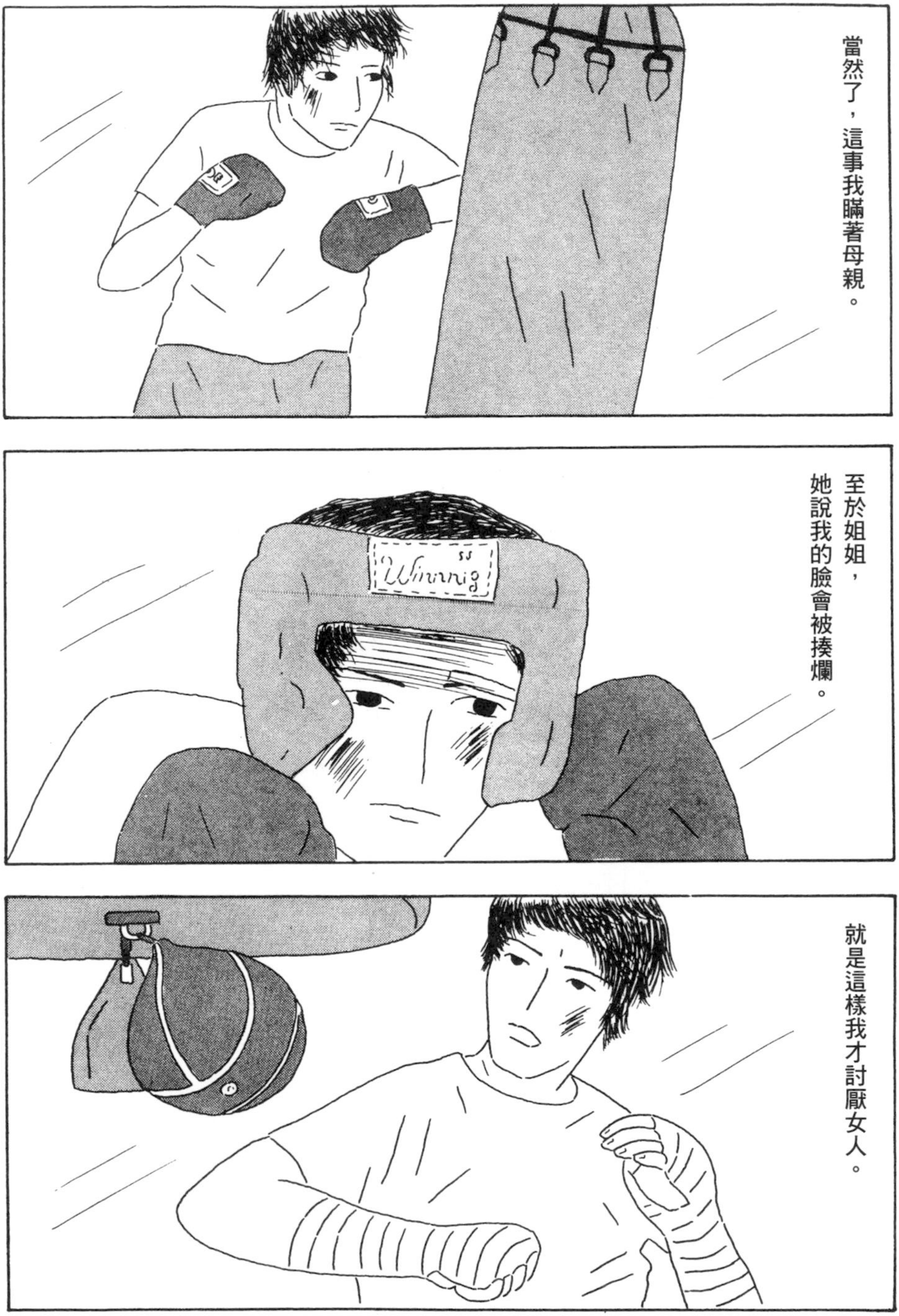
當然了，這事我瞞著母親。
至於姐姐，
她說我的臉會被揍爛。
就是這樣我才討厭女人。

右直拳成功回擊，
打倒了最初的對手。

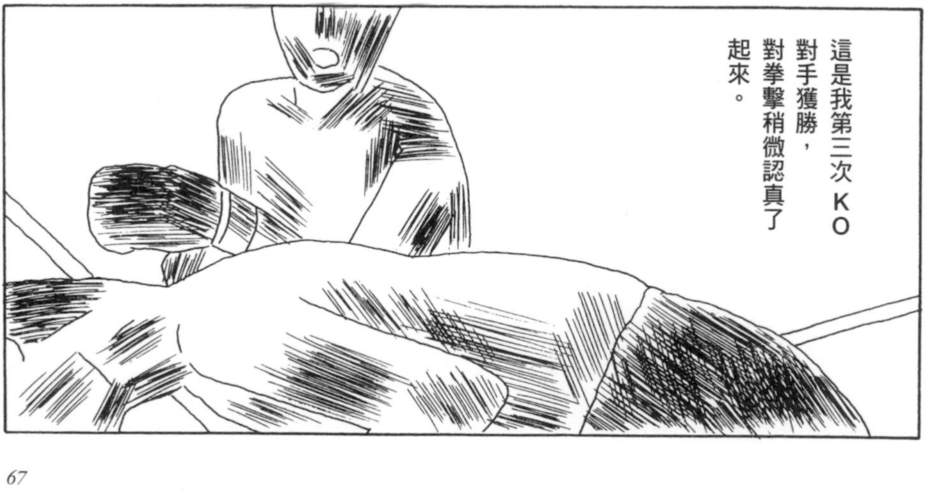
這是我第三次ＫＯ
對手獲勝，
對拳擊稍微認真了
起來。

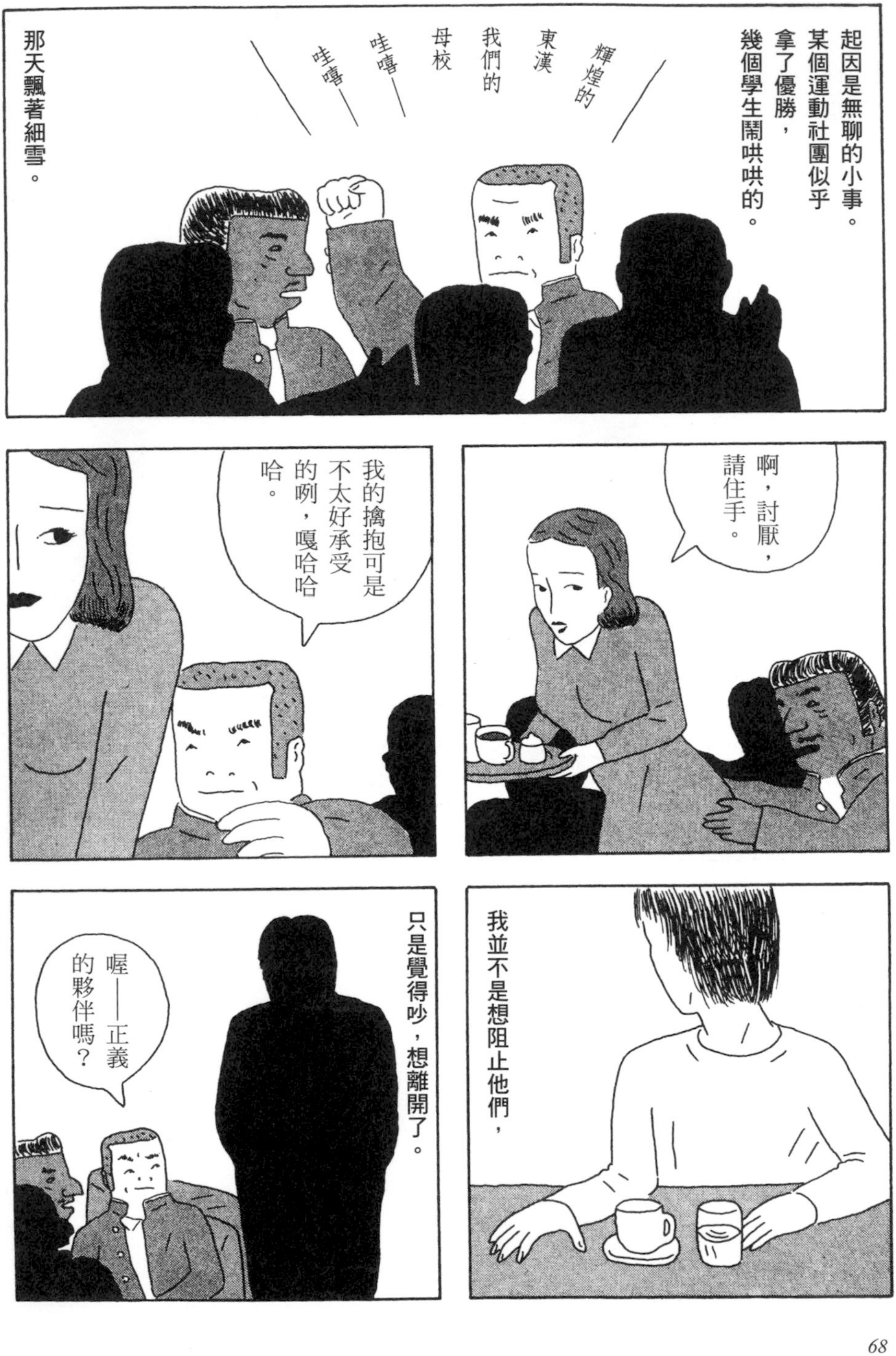
起因是無聊的小事。
某個運動社團似乎
拿了優勝，
幾個學生鬧哄哄的。
輝煌的
東漢
我們的
母校
哇嘻——
哇嘻——
那天飄著細雪。
啊，討厭，請住手。
我的擒抱可是不太好承受的咧，嘎哈哈哈。
我並不是想阻止他們，
只是覺得吵，想離開了。
喔——正義的夥伴嗎？

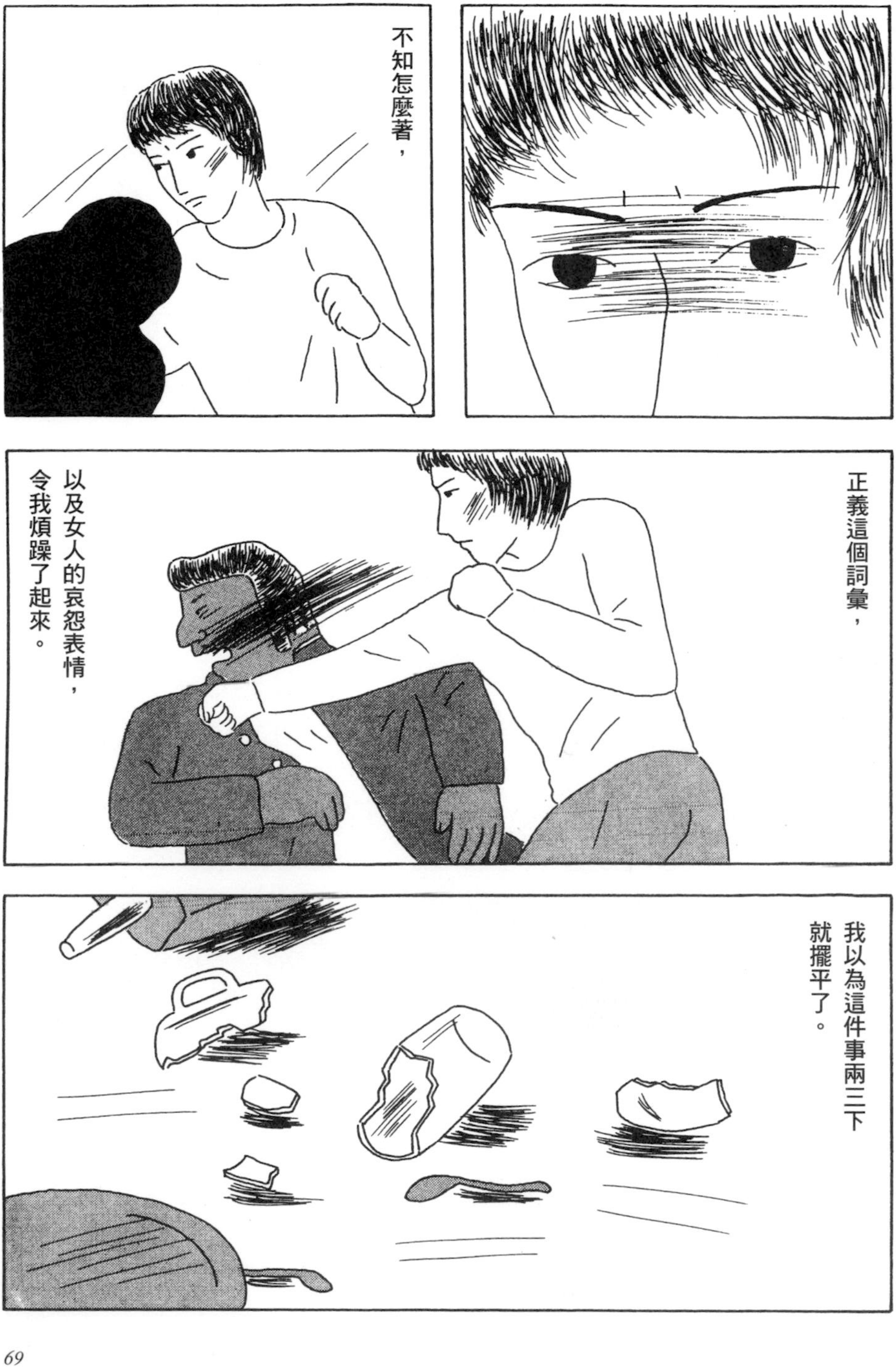
不知怎麼著，
正義這個詞彙，
以及女人的哀怨表情，
令我煩躁了起來。
我以為這件事兩三下
就擺平了。

回家路上，當我走到工廠背側時，
某人從後方一把抱住我。
指尖同時傳來模糊的疼痛。
我感受到類似打針後的放鬆感。
遠處傳來《Terrible T》的樂音。

我撕下上衣一角，纏到手上。
茲—
這麼一來，我就不用再打拳擊了吧。
雪下得更大了，上衣暈開的血跡，美得令人膽寒。
身體從內側開始發冷。
我原本就不怎麼喜歡，
冰涼的汗水冒了出來。
只是覺得打架應該派得上用場吧。

基里訶是鐵路技師之子呢。
班尚是猶太木匠之子呀。
郁特里羅從小就酒精中毒咧。

我很喜歡那比派喔。
那種光不知要到哪裡找？

那時嚇了我一跳呢，你帶著血淋淋的手回來。
那票人戲弄妳的時候，妳的表情讓我很火大。
是求救的表情呢。
放棄拳擊是我害的呢。
並沒有放棄啊。

我們會永遠這樣互毆下去呀。
頂著一張稀巴爛的臉繼續打。
妳的身體真冰呀。
是啊。剛剛在淋雪喔。

終1975.12.19

# 融雪之時

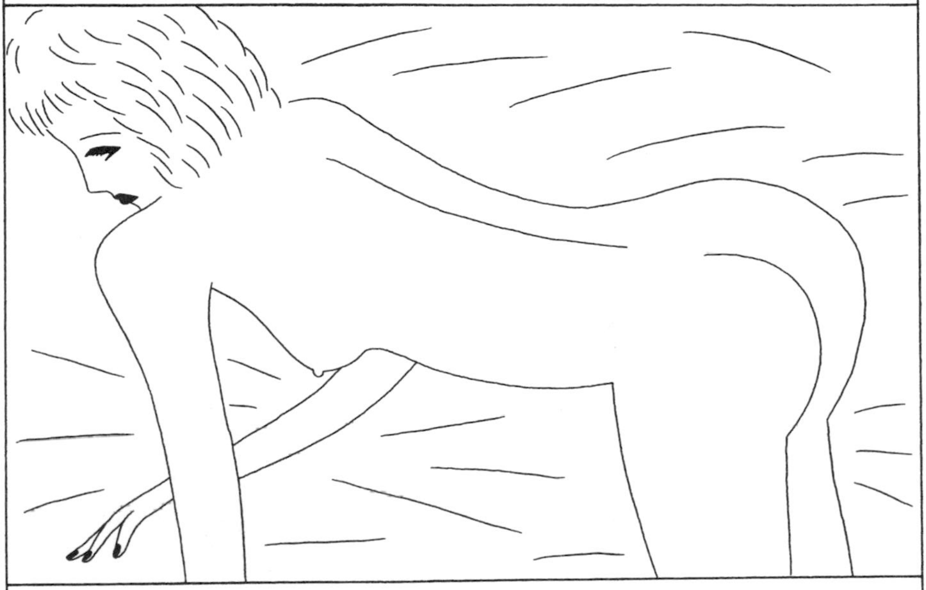

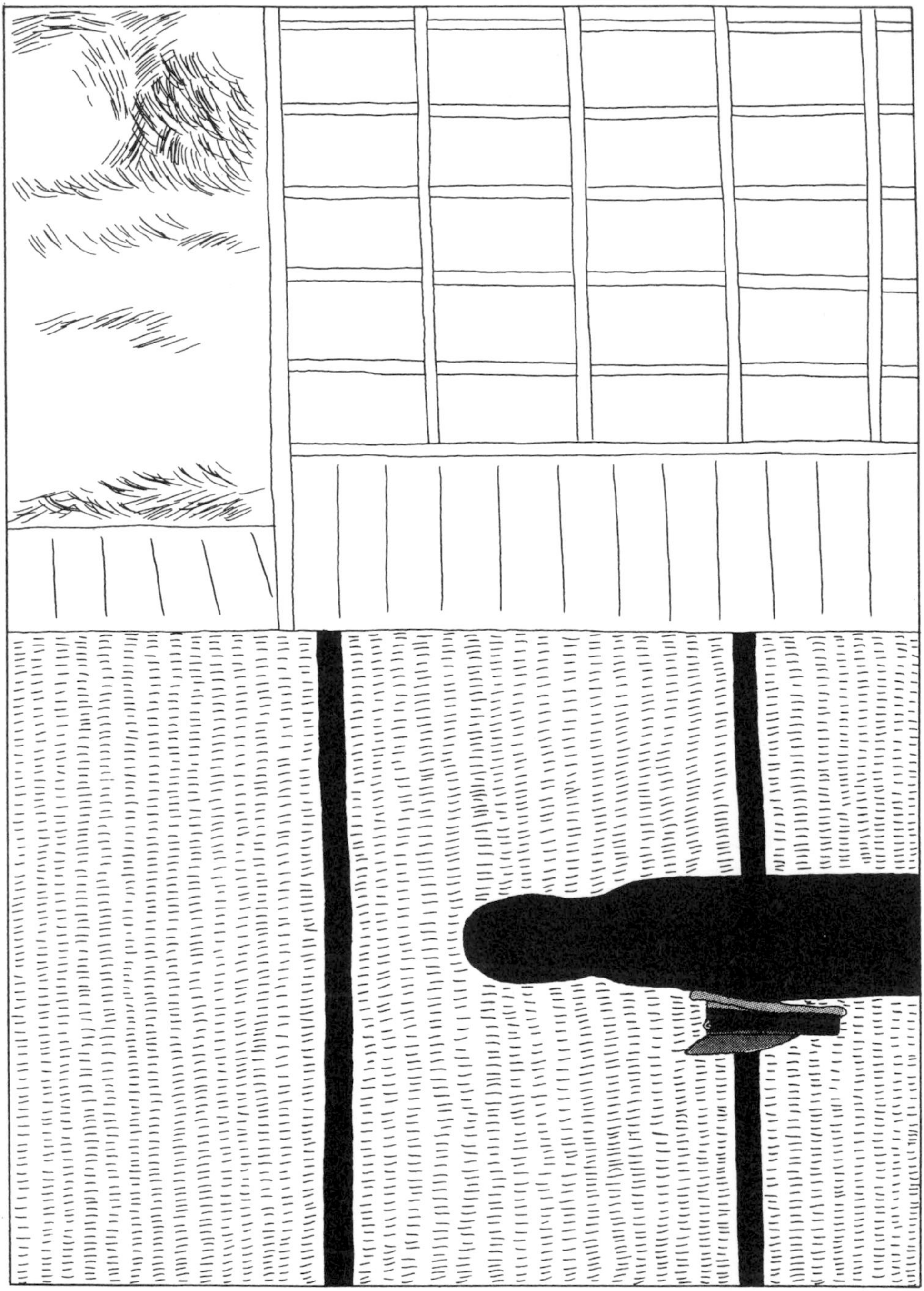

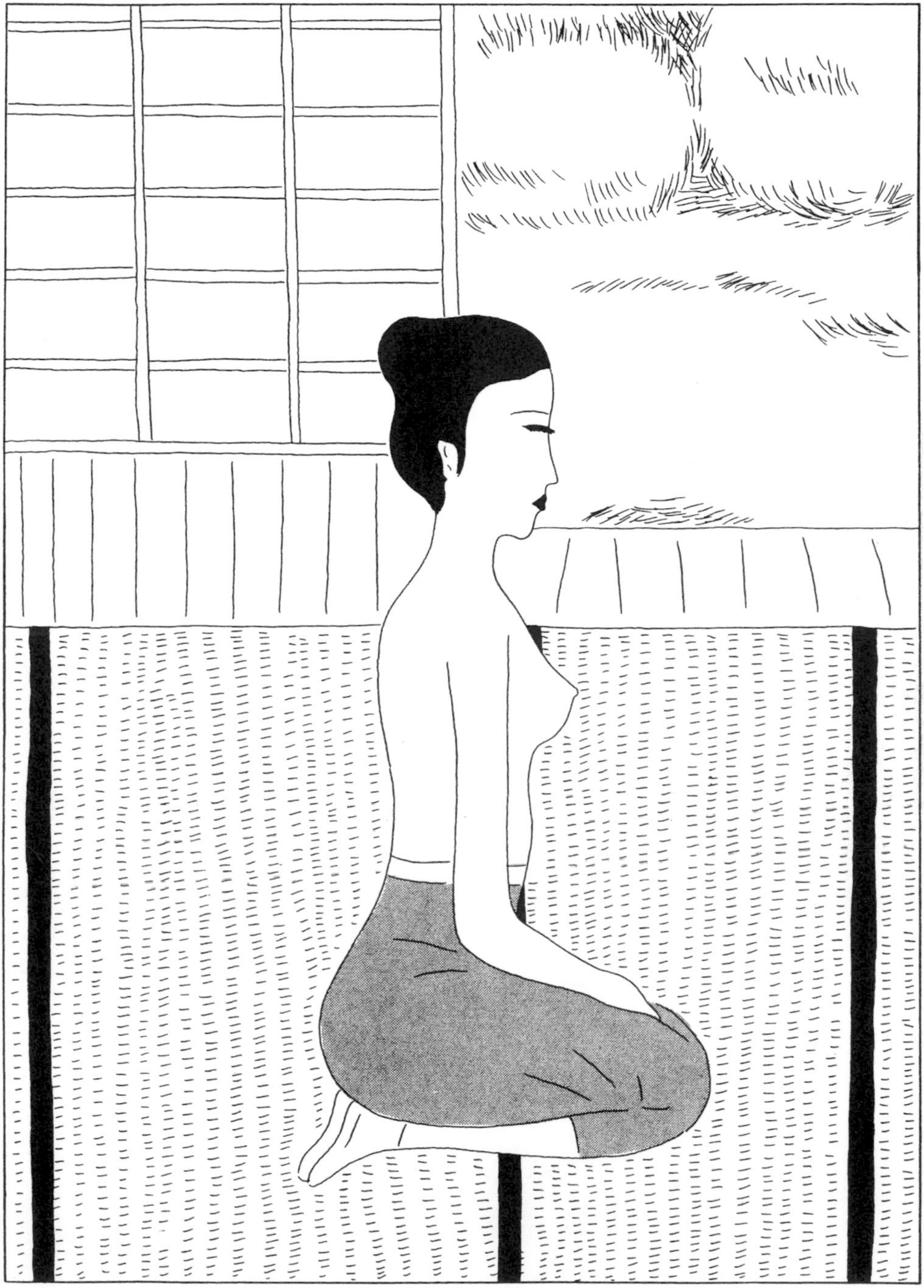

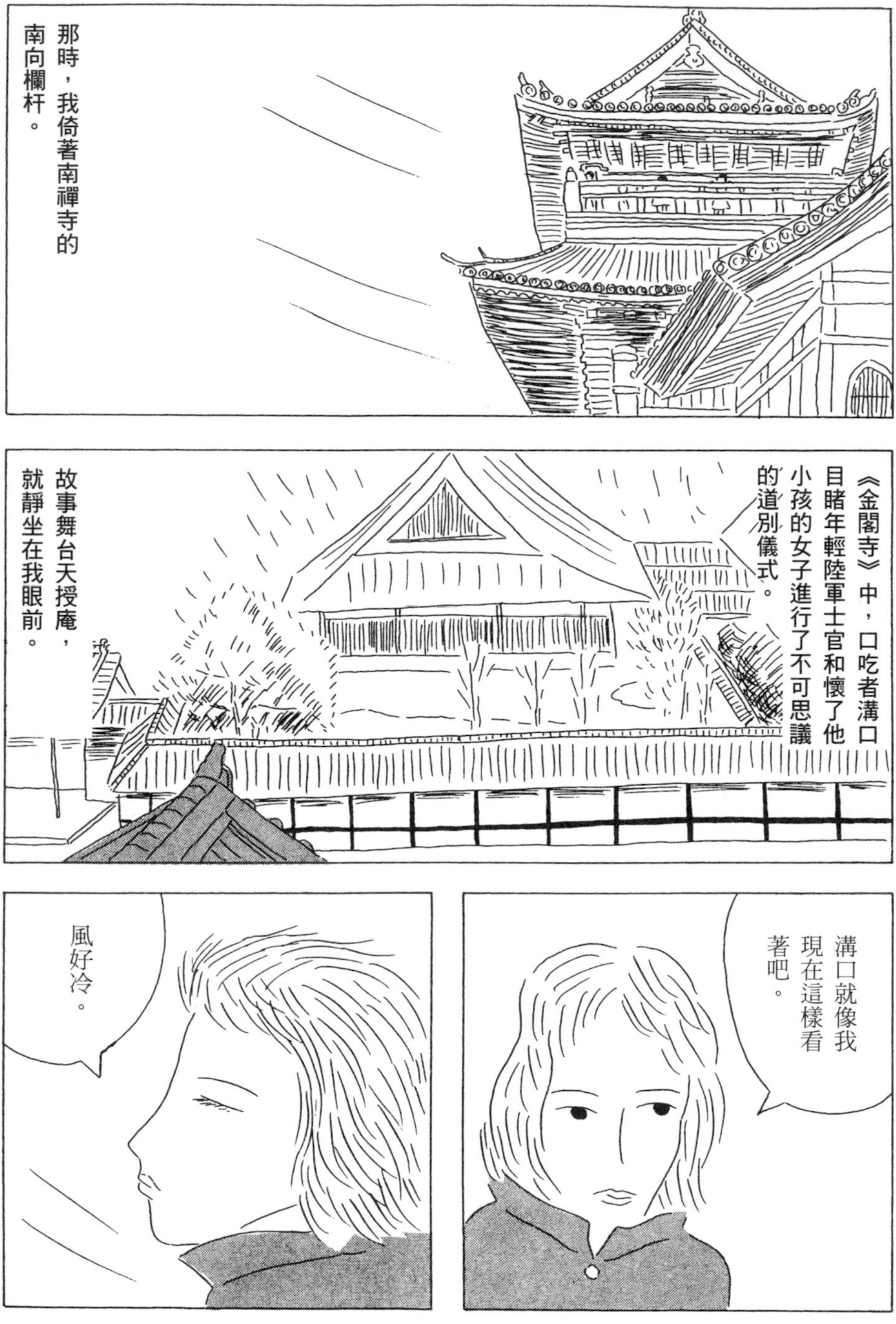
那時，我倚著南禪寺的南向欄杆。
《金閣寺》中，口吃者溝口目睹年輕陸軍士官和懷了他小孩的女子進行了不可思議的道別儀式。
故事舞台天授庵，就靜坐在我眼前。
溝口就像我現在這樣看著吧。
風好冷。

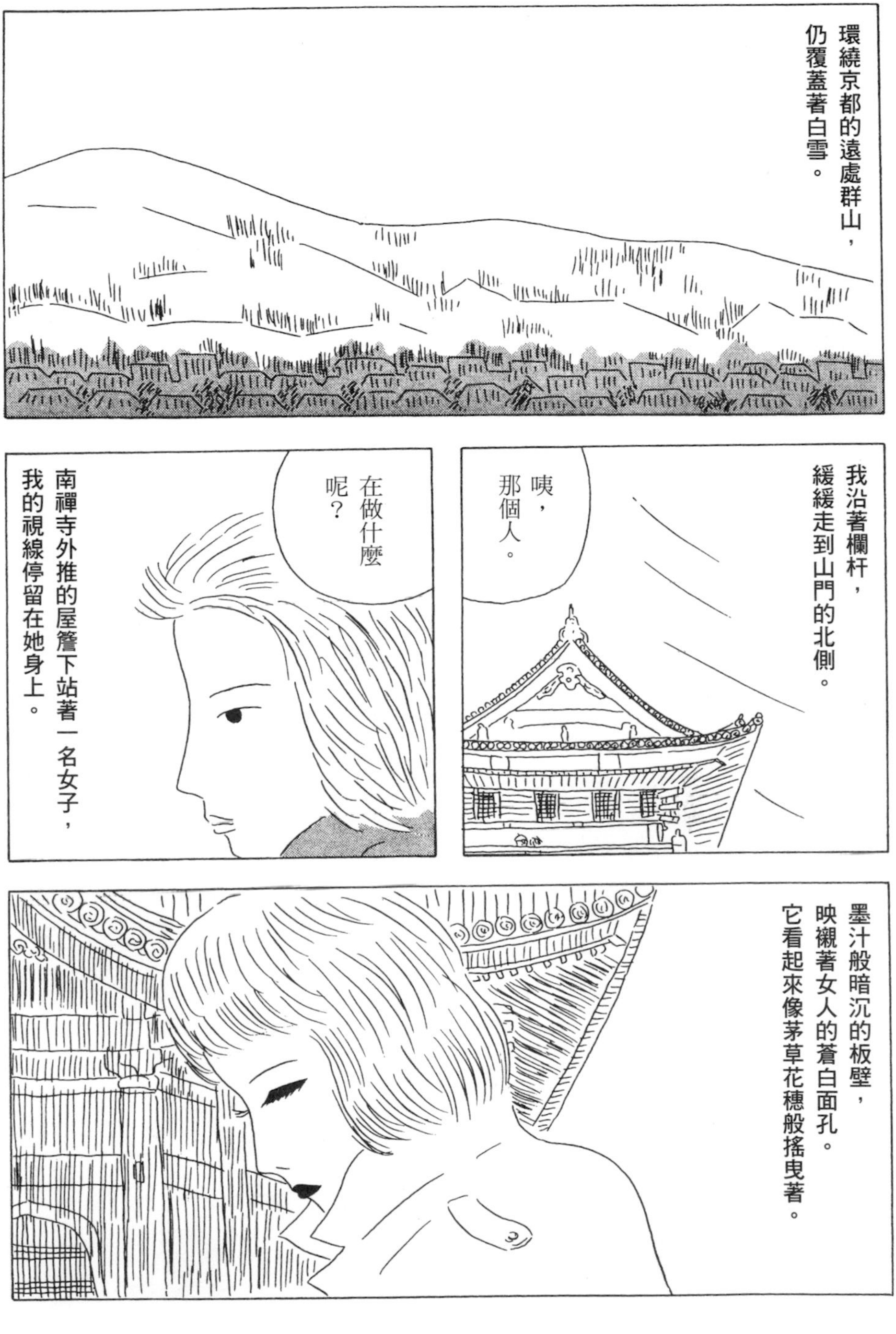
環繞京都的遠處群山，
仍覆蓋著白雪。
我沿著欄杆，
緩緩走到山門的北側。
咦，
那個人。
在做什麼
呢？
南禪寺外推的屋簷下站著一名女子，
我的視線停留在她身上。
墨汁般暗沉的板壁，
映襯著女人的蒼白面孔。
它看起來像茅草花穗般搖曳著。

我想要走下山門。
爬到滿高的地方來了耶。
某所女校的一大群人，七嘴八舌地爬了上來。
好陡的坡度呀。
呀——別推啊——
穿靴子的讓別人先走。
來，大家小心點，要按住裙子喔。
看來帶隊者是個相當雞婆的傢伙。
討厭——他在看，好色喔。
走樓梯很容易滑倒喔。來，小心一秒，受傷一生。來來來。
要當個好老婆喔，好老婆兒。
他們一一拋出這一類無謂的操心。

我的腳走向了我在山門上看到的
那名女子。

女子對我渾然不覺。

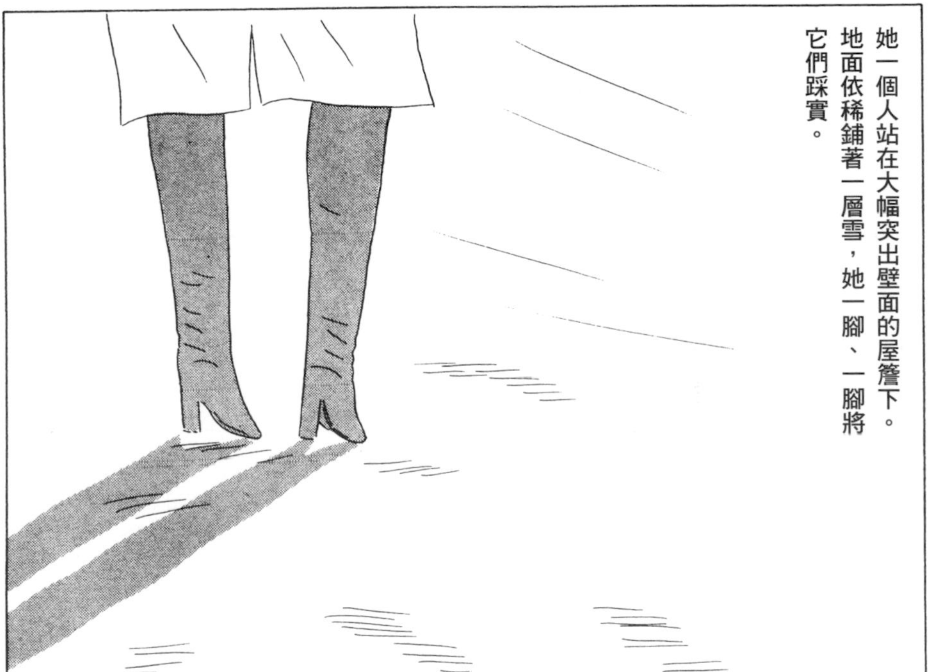
她一個人站在大幅突出壁面的屋簷下。
地面依稀鋪著一層雪，她一腳、一腳將
它們踩實。

妳似乎踩得很開心呢。
她默默望向我這邊。
不知是什麼時候的雪呢。這一帶最近下的嗎？
這雪是初雪喔，每年都會變成殘雪，到春天才融化。
這樣啊。
有這種事嗎？我心想。
京都的冬天，似乎很冷呢。
我有時會脫口說出這種無聊透頂的話。

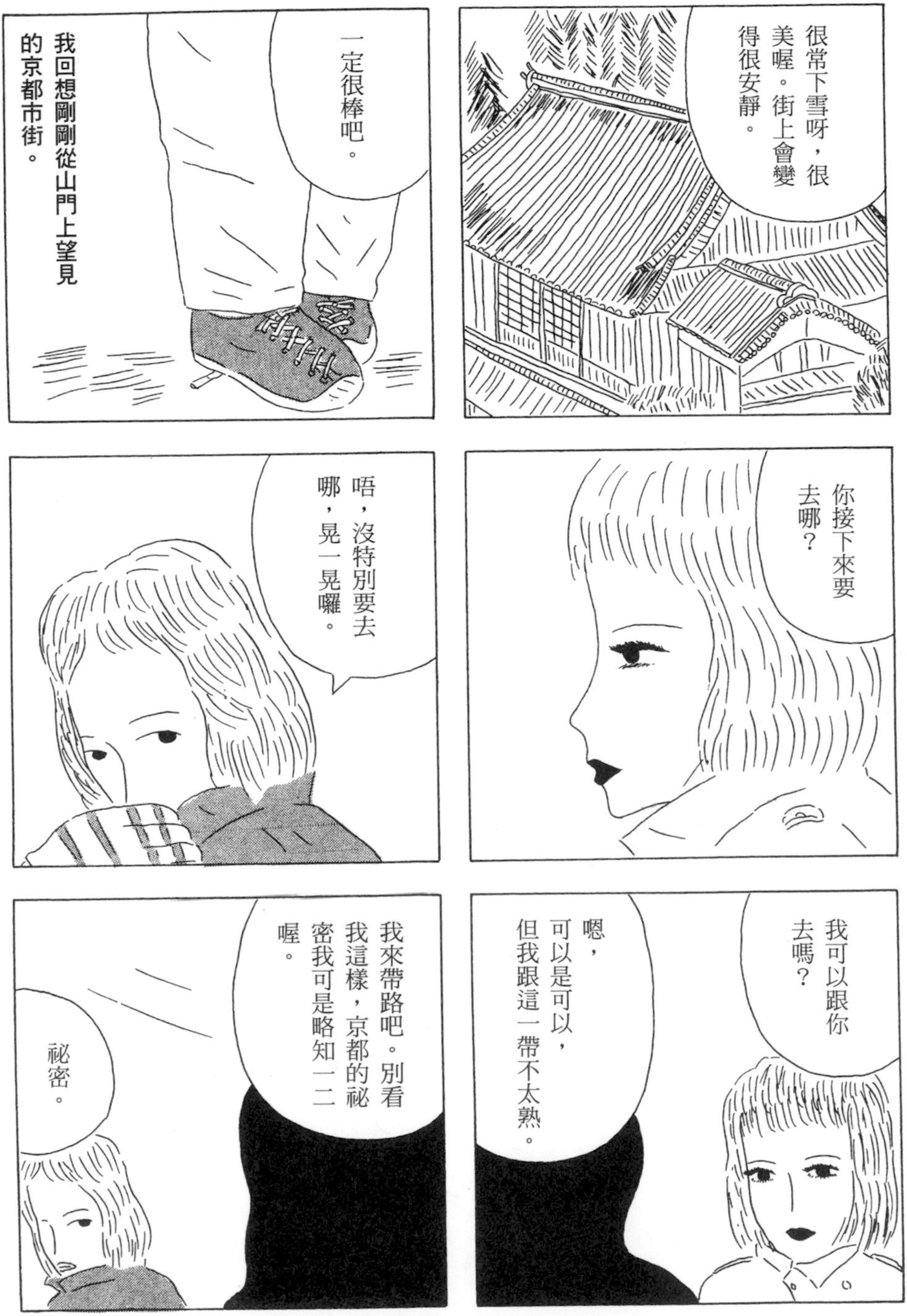
很常下雪呀，很美喔。街上會變得很安靜。
一定很棒吧。
我回想剛剛從山門上望見的京都市街。
你接下來要去哪？
唔，沒特別要去哪，晃一晃囉。
我可以跟你去嗎？
嗯，可以是可以，但我跟這一帶不太熟。
我來帶路吧。別看我這樣，京都的祕密我可是略知一二喔。
祕密。

色情刊物的店如何啊？
嗯，好耶。
很厲害喔。
真不敢置信呀。
那家店位於三条往東轉一小段的市電站前，不過是色情雜誌稍稍齊全的書店。
我在店前面繞繞，你去看一下吧。
真傷腦筋啊。
ワンマンカー
北白川
禁看白書
店內坐著一個眼神迂迴的大叔，表情凝重地瞪著我。
…………
町
京都府
古本市

很厲害吧。
無聊。
哎呀，你懂很多有的沒的吧，討厭。
沒那回事呀。
你什麼時候要回東京？
今晚。
不行喔，今晚要和我一起過。
我這個人呀，和女人獨處會變得很粗暴呢。
真棒。
感覺有點恐怖呢。
我是想說笑，但這其實是我的真心話。

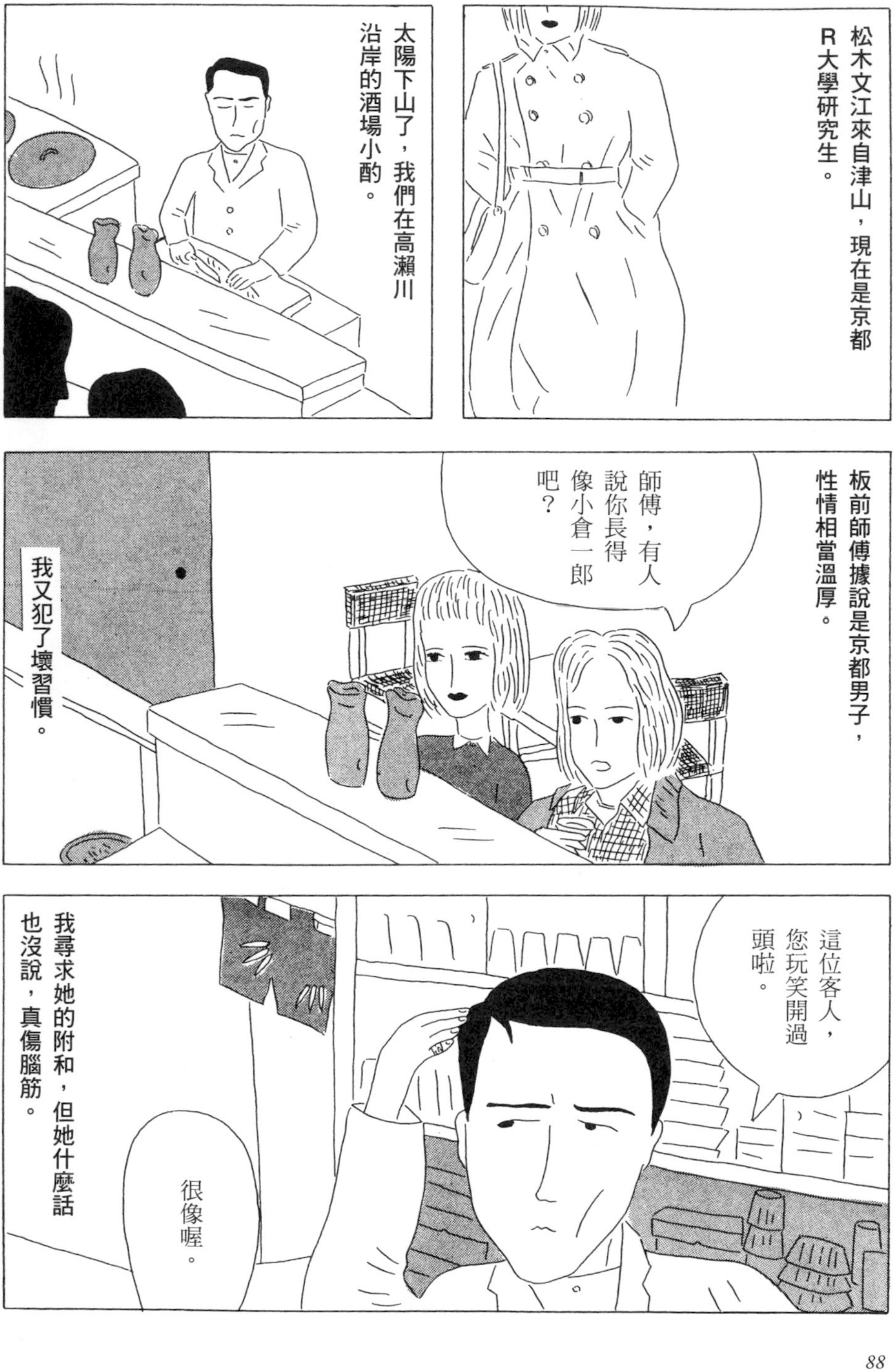
松木文江來自津山，現在是京都R大學研究生。
太陽下山了，我們在高瀨川沿岸的酒場小酌。
板前師傅據說是京都男子，性情相當溫厚。
師傅，有人說你長得像小倉一郎吧？
我又犯了壞習慣。
這位客人，您玩笑開過頭啦。
很像喔。
我尋求她的附和，但她什麼話也沒說，真傷腦筋。

松木文江的公寓
鄰接著北白川的後巷。
我感覺好寂寞呀。
非常寂寞呢。
其實呀，我昨晚做了一個夢。夢到洗完澡後，我直接裸身行走於雪上。
嘎吱嘎吱，我的腳印在雪上綿延成形。

好冷，
好冷。
身體深處
不斷傳來
輕輕收縮的感覺。

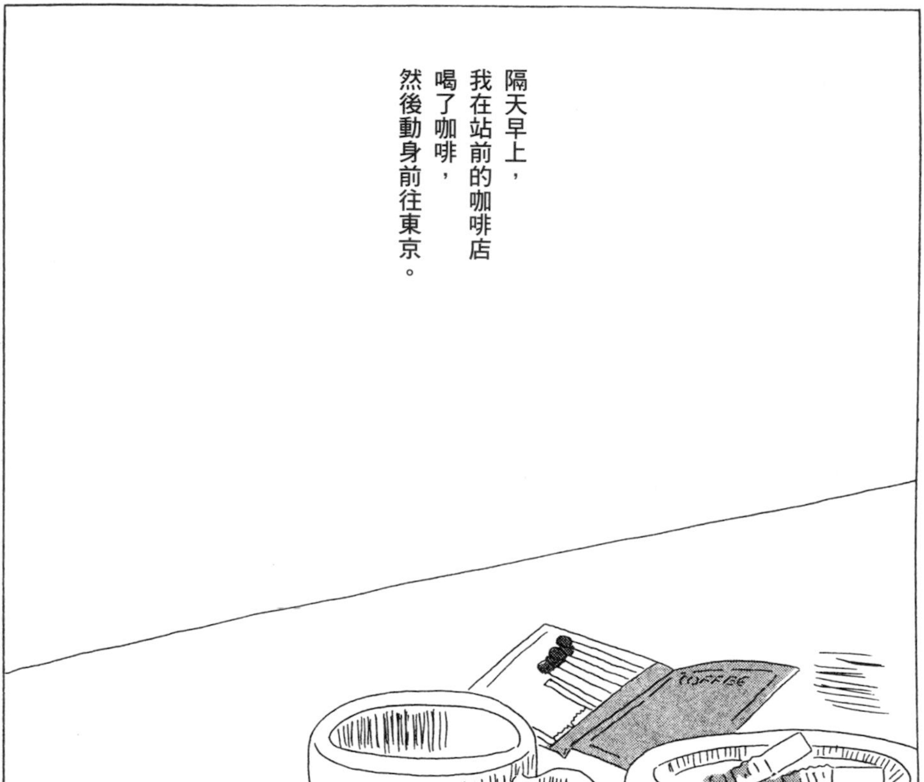
隔天早上，
我在站前的咖啡店
喝了咖啡，
然後動身前往東京。

**終** 1977.3.3

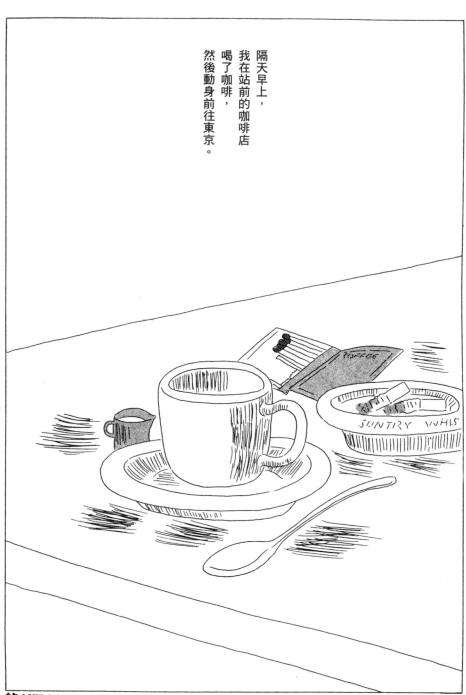

# 黃蜻蜓

剝開夏蜜柑的皮，
酸霧瀰漫開來，
身穿白色法蘭絨的女子哭了。

※原文字面「不孝」，實際指的是「倒刺」（指甲邊緣的脫皮）。日本以前有「長指甲倒刺代表不孝」的說法。

喂——
唷！
喂——
果然是你啊。你原本留長頭髮，所以一時沒認出來呢。
啊，是新佐的利成嗎？
真不得了啊，這貨車是怎麼一回事？
這個嘛，我在錦糸町那段日子玩太兇了，現在呢，呃，打算當個孝子囉。

大家過得還好嗎？在忙什麼？
大家都有事忙喔。首先，我是送魚的對吧，然後呢，
勝召在開理髮廳，重男是造船師，隆義上了東京的船，
而光輝啊，好像成了東京糕餅舖獨生女的夫婿喔。
你說你在畫畫，那就是藝術家囉？嗯，很棒喔，很棒。
…………………

荒廢的屋舍
由風播種的花
綻放了
已經沒人
在了。

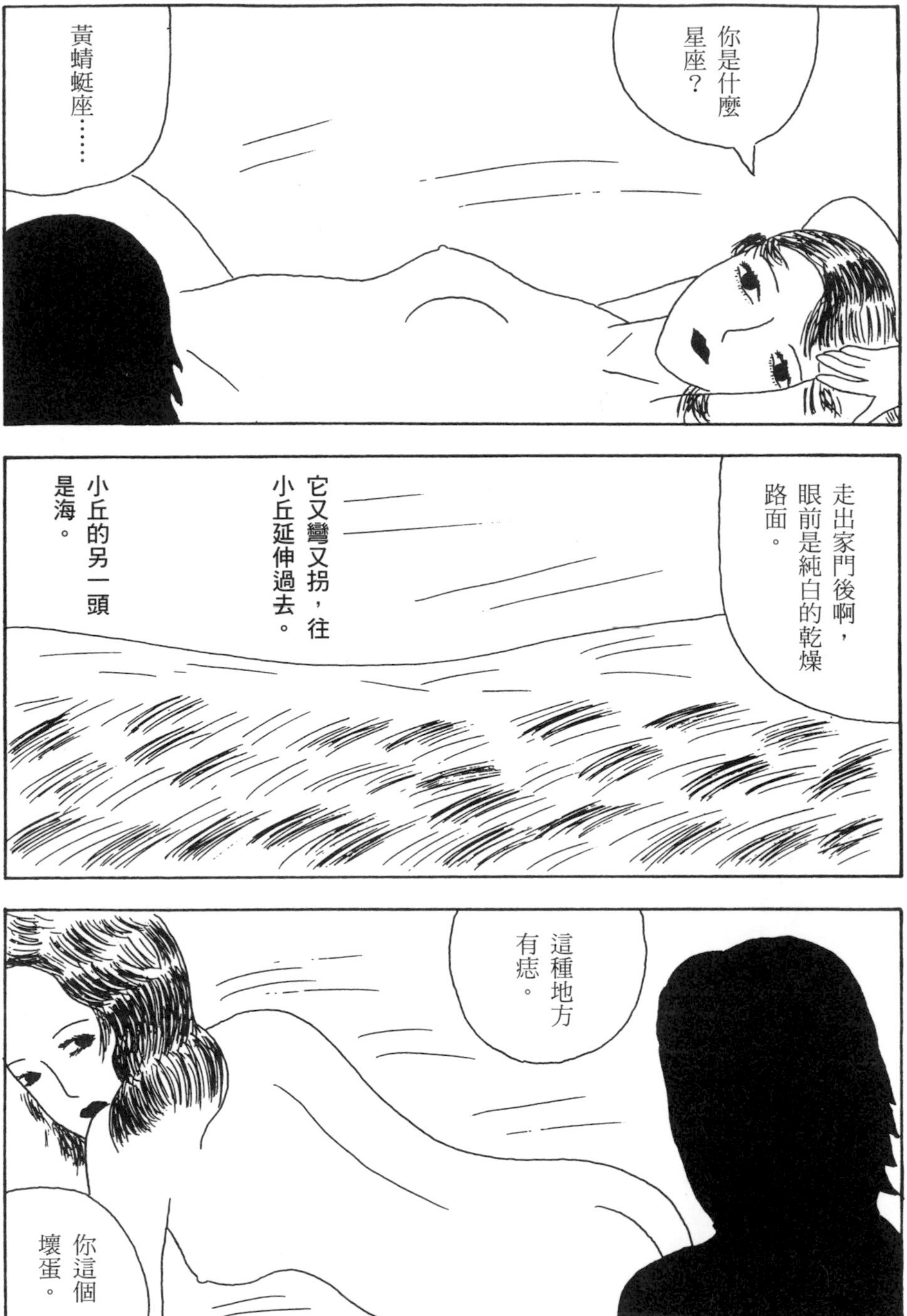
你是什麼星座？
黃蜻蜓座……
走出家門後啊，眼前是純白的乾燥路面。
它又彎又拐，往小丘延伸過去。
小丘的另一頭是海。
這種地方有痣。
你這個壞蛋。

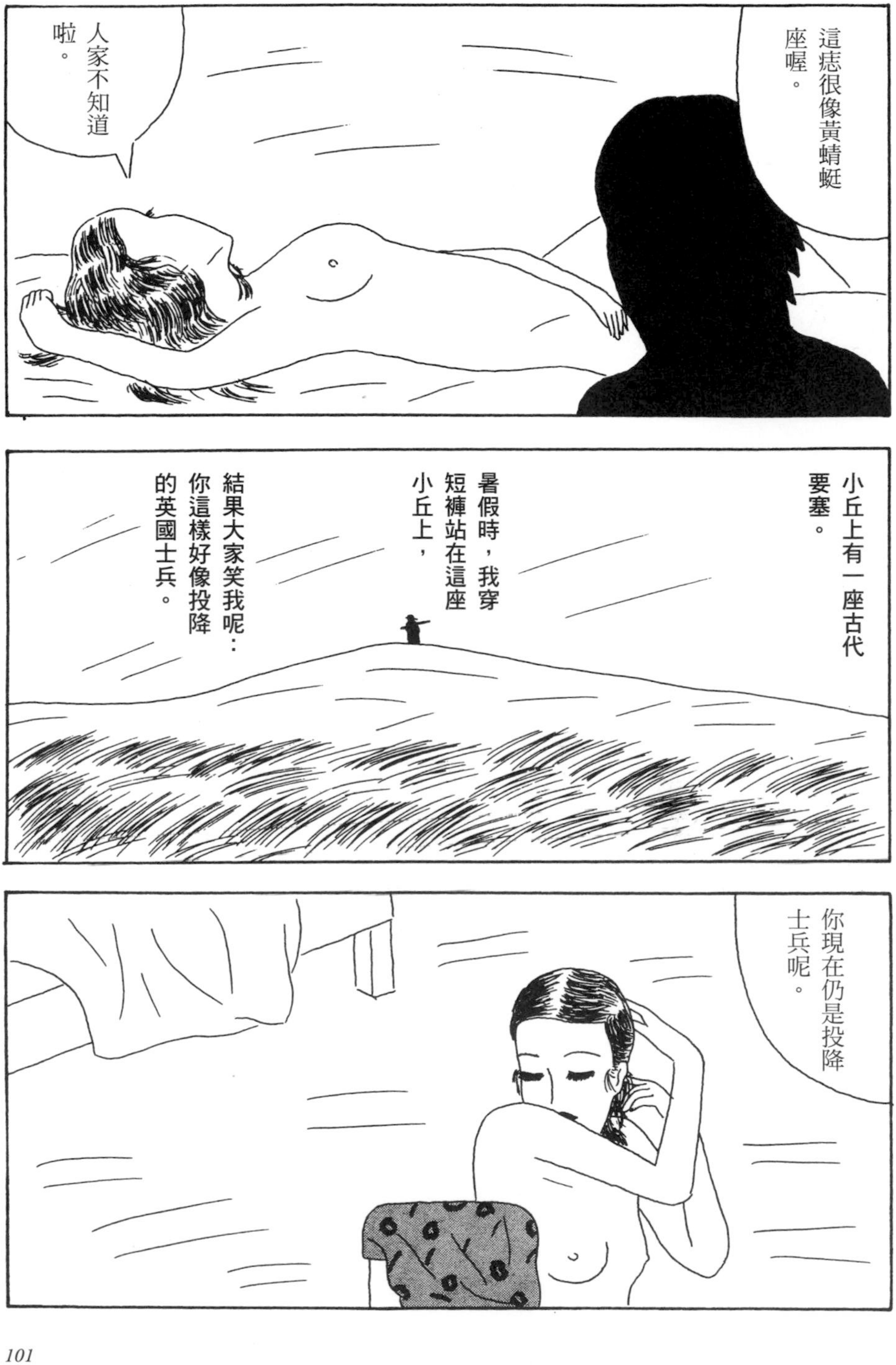
這痣很像黃蜻蜓座喔。
人家不知道啦。
小丘上有一座古代要塞。
暑假時，我穿短褲站在這座小丘上，
結果大家笑我呢：你這樣好像投降的英國士兵。
你現在仍是投降士兵呢。

陽光明媚。
棒子槌打玉米的聲響，自遠處傳來。

那聲響和人群的喧囂、
海浪的汨汨混合在一塊，

傳入耳中，越聽越像是
已結束的廟會的嘈雜。

噹啷
咚
噹啷
咚
啊，時鐘在動。

噹啷咚
噹啷咚

噹啷
咚
噹啷
咚

不好意思。
嚇！
呃，這是竹筴魚，請在今晚吃一吃。
呃，不好意思，請問您是哪位？
呃，我是新佐的利成的么妹。

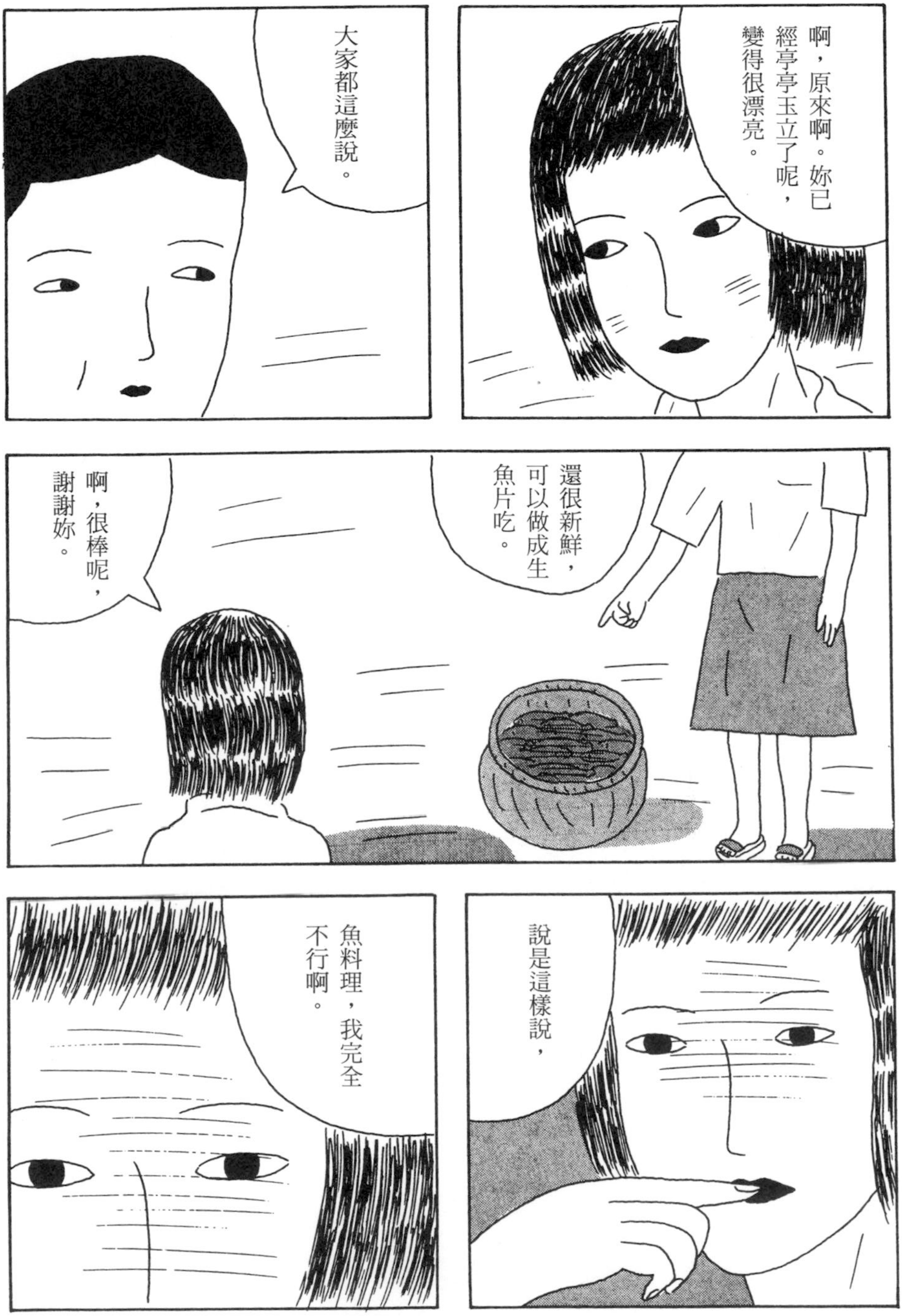
啊，原來啊。妳已經亭亭玉立了呢，變得很漂亮。
大家都這麼說。
還很新鮮，可以做成生魚片吃。
啊，很棒呢，謝謝妳。
說是這樣說，
魚料理，我完全不行啊。

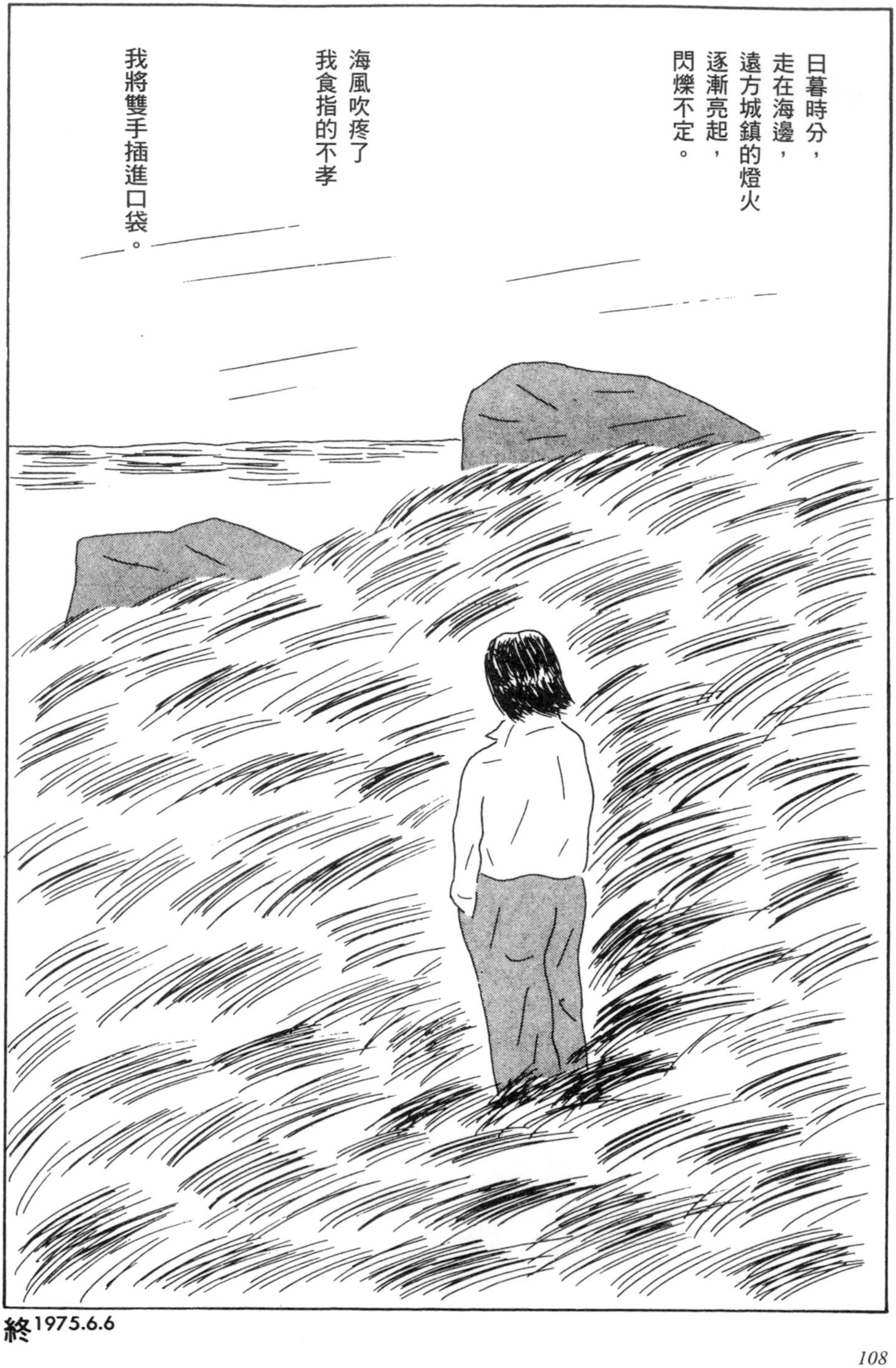
日暮時分，
走在海邊，
遠方城鎮的燈火
逐漸亮起，
閃爍不定。
海風吹疼了
我食指的不孝
我將雙手插進口袋。

終 1975.6.6

# 終夏鐵道

夜裡，
不能吃餅乾喔。
你看，
夢，
剝落成乾屑了。

在那樣的夜晚，搭夜班火車旅行去吧。
穿越窗外所見的黑暗無光的風景，
你看，鯨魚之墓就快到了。

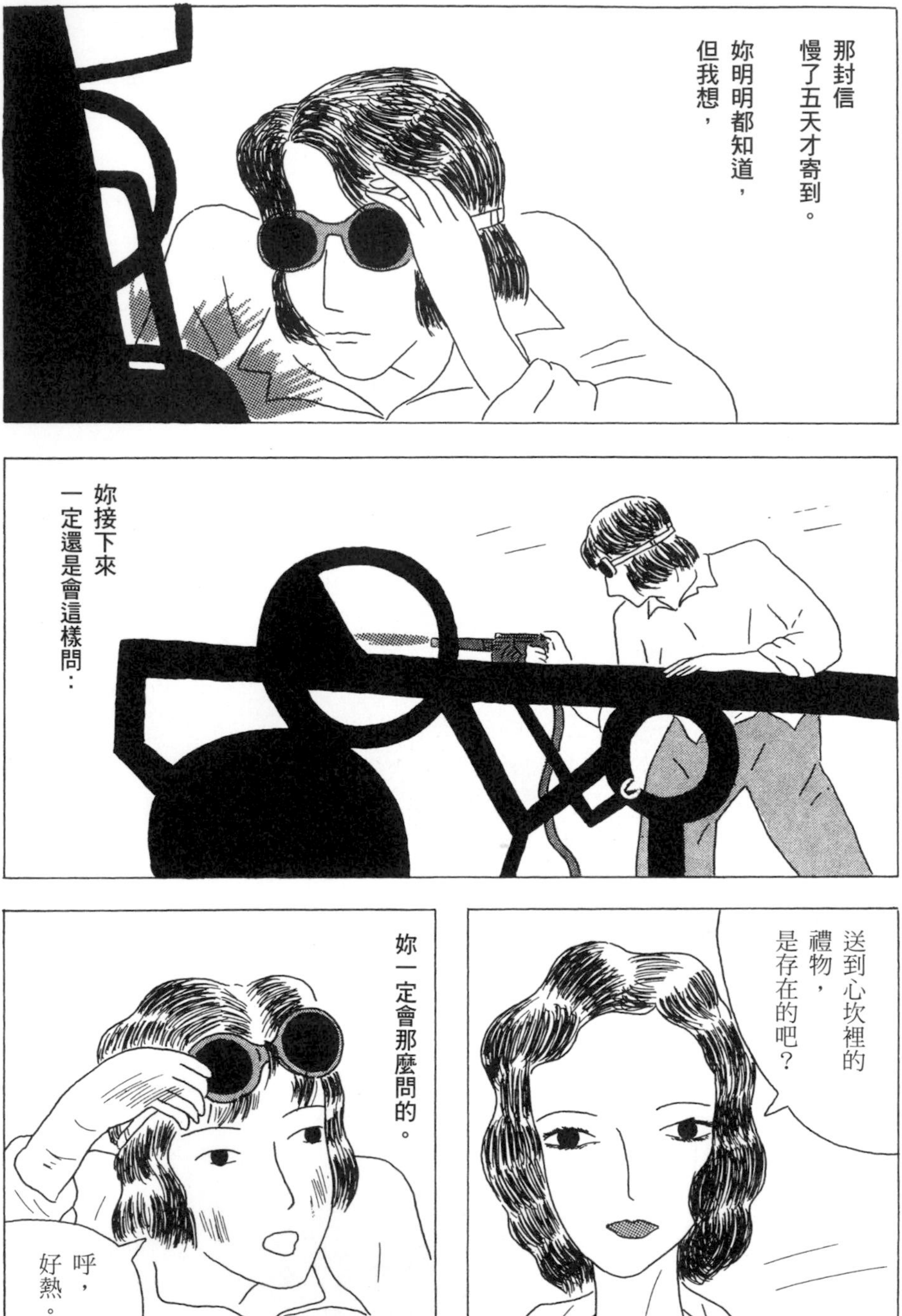
那封信
慢了五天才寄到。
妳明明都知道，
但我想，
妳接下來
一定還是會這樣問：
送到心坎裡的
禮物，
是存在的吧？
妳一定會那麼問的。
呼，
好熱。

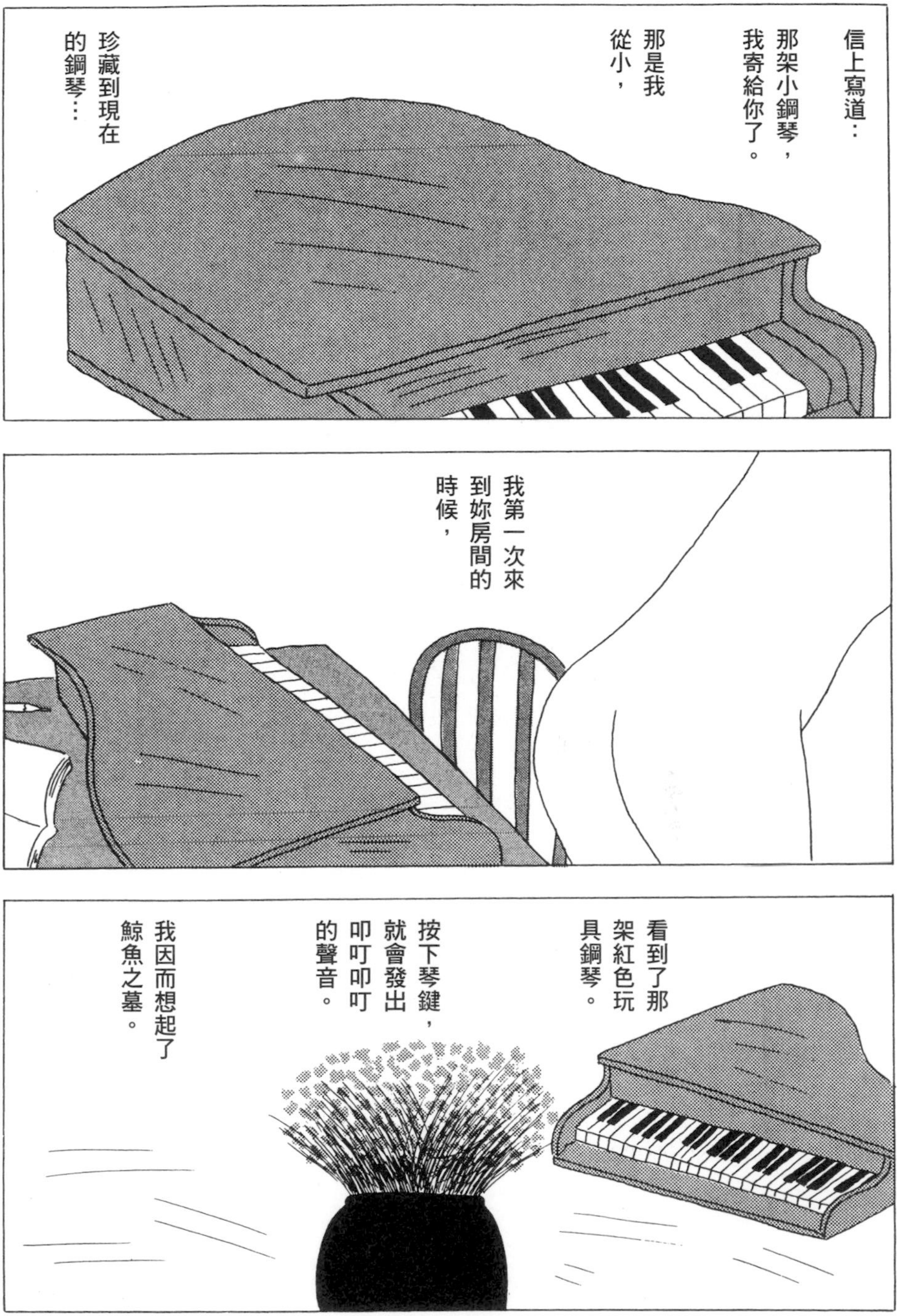
信上寫道：
那架小鋼琴，我寄給你了。
那是我從小，
珍藏到現在的鋼琴⋯
我第一次來到妳房間的時候，
看到了那架紅色玩具鋼琴。
按下琴鍵，就會發出叩叮叩叮的聲音。
我因而想起了鯨魚之墓。

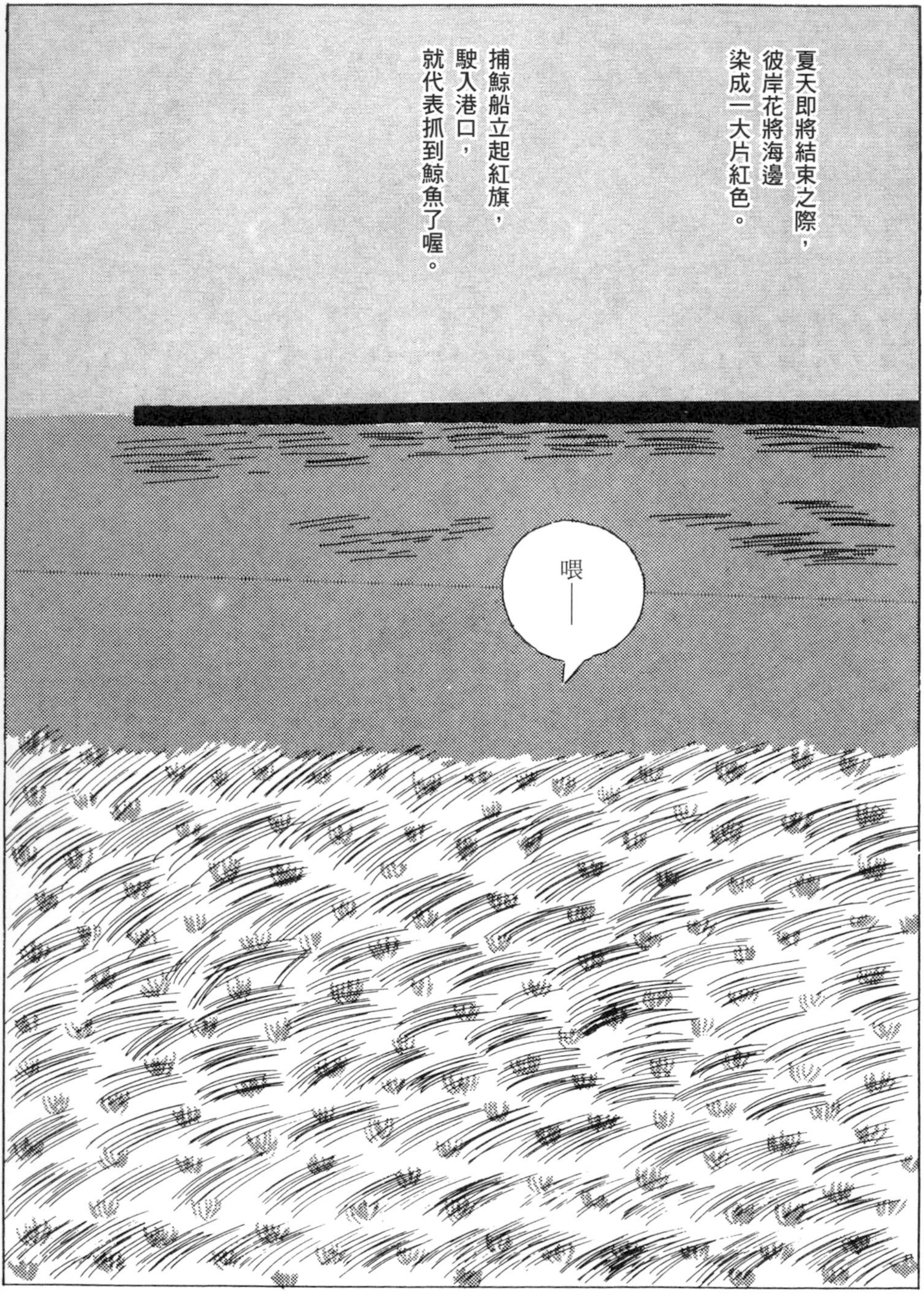
夏天即將結束之際，
彼岸花將海邊
染成一大片紅色。
捕鯨船立起紅旗，
駛入港口，
就代表抓到鯨魚了喔。
喂——

我一心一意地，
跑向港口，
而港內滿是
鯨魚的血液喔。
敲打鯨魚的骨頭，
會得到
叩叮叩叮的聲音，
於是，
夕陽也會變得紅通通的。
喂——

哎呀，你來了啊。
嗯，我要休息一下。
之前我很擔心你呢。
作品做得如何？

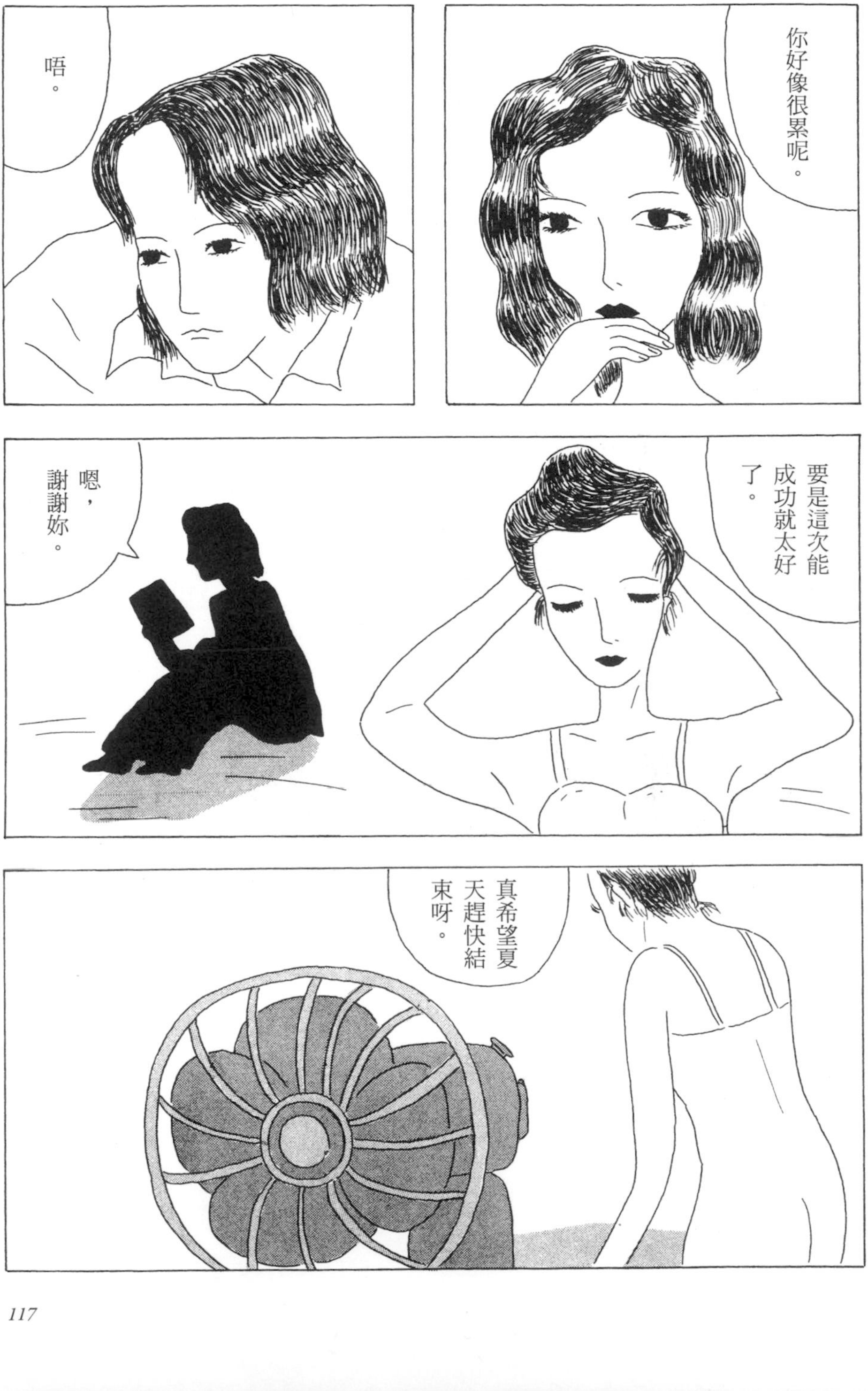
你好像很累呢。
唔。
要是這次能成功就太好了。
嗯，謝謝妳。
真希望夏天趕快結束呀。

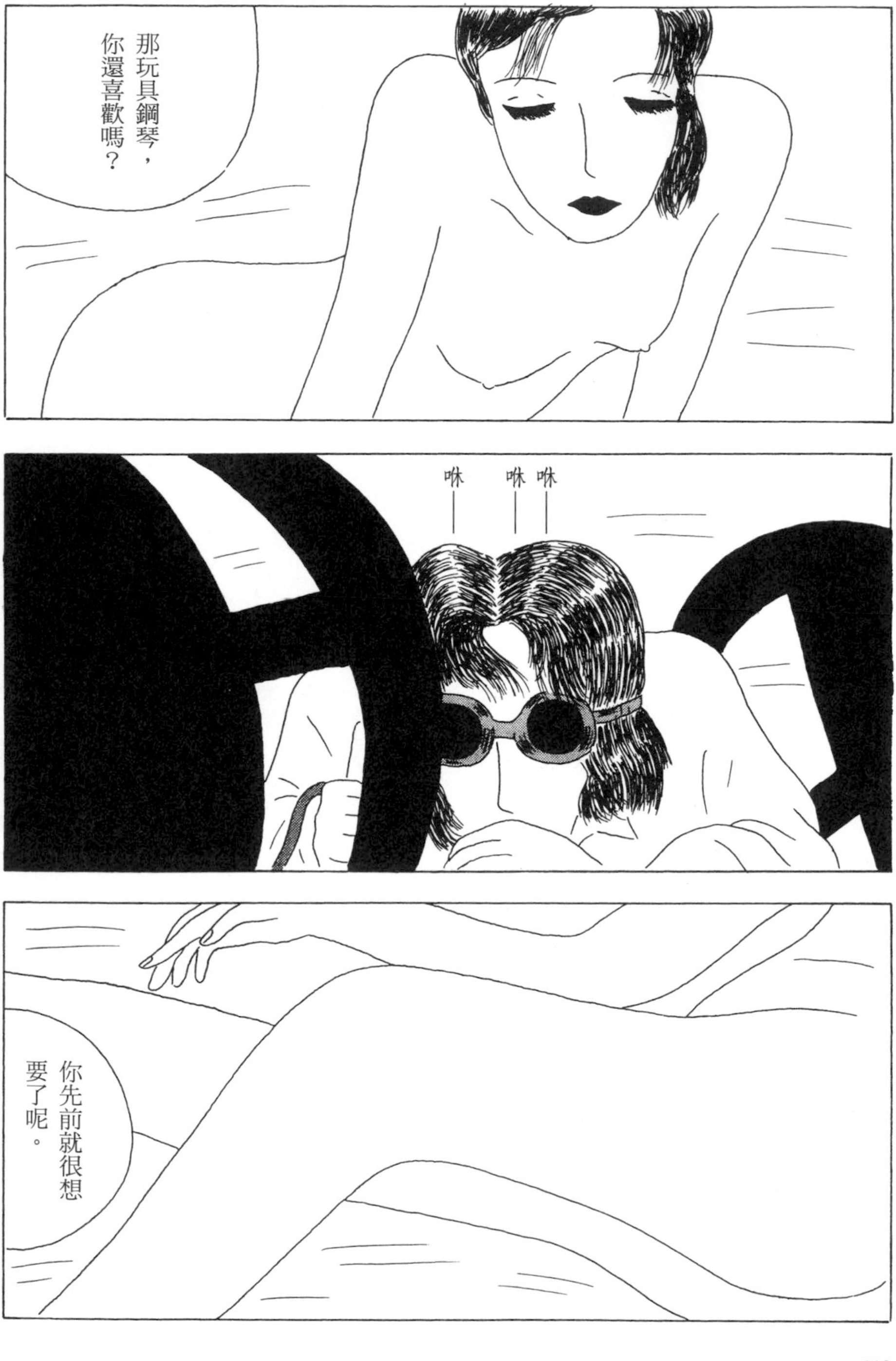
那玩具鋼琴，你還喜歡嗎？
咻
咻咻
你先前就很想要了呢。

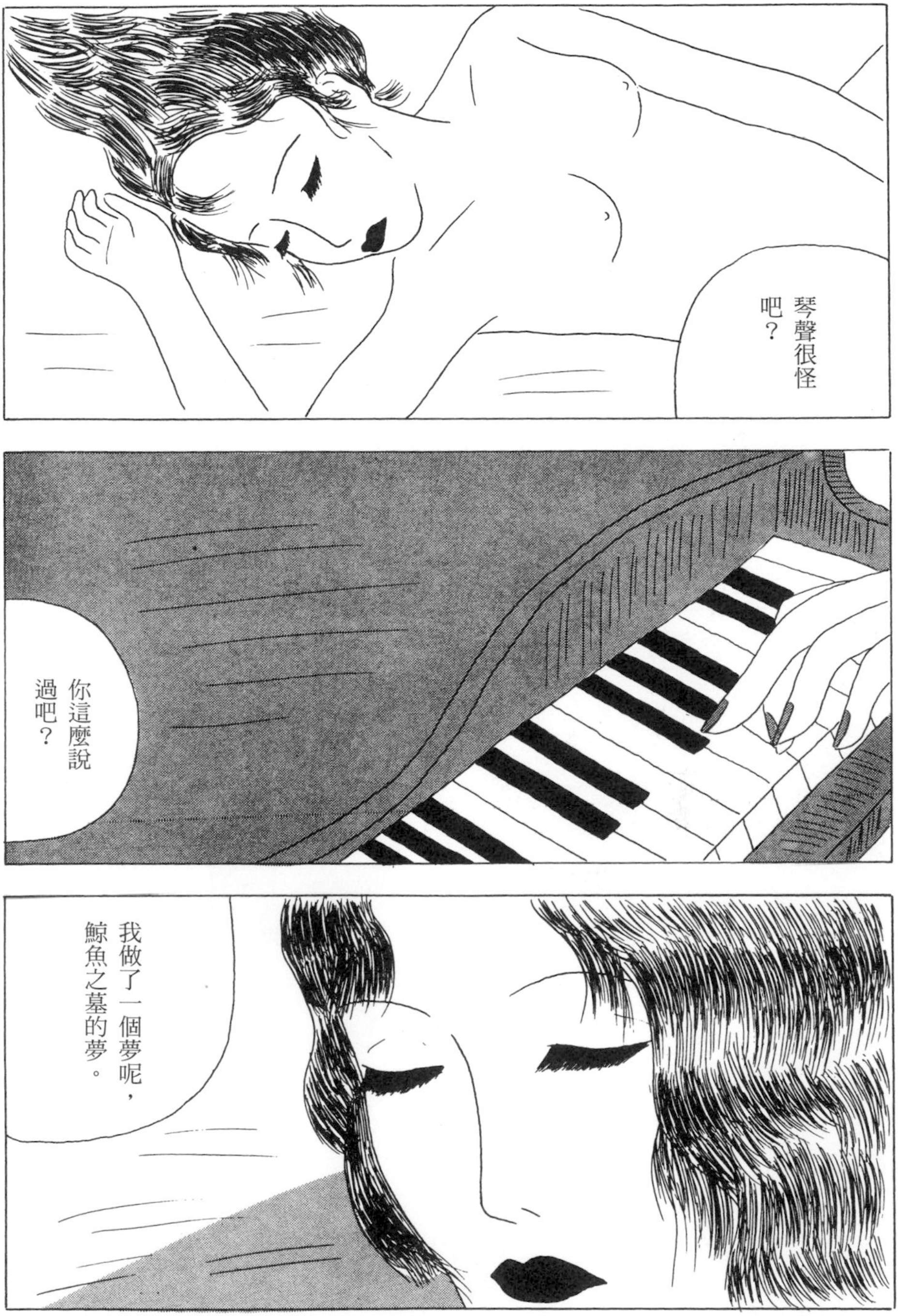
琴聲很怪吧？
你這麼說過吧？
我做了一個夢呢，鯨魚之墓的夢。

夢中風景
無比寂寥。

夕陽紅通通的，
發出叩叮叩叮的聲音。

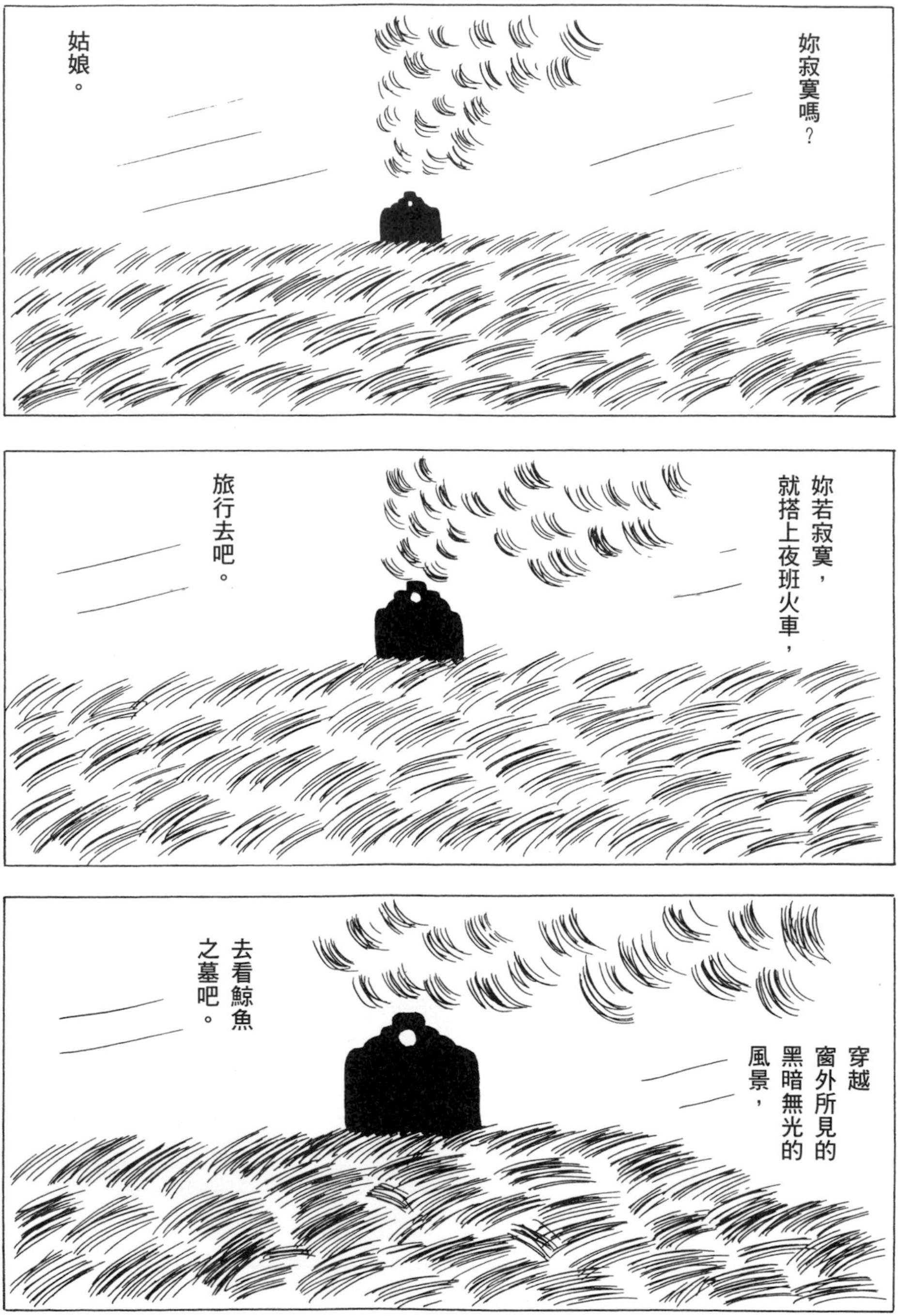
妳寂寞嗎？
姑娘。
妳若寂寞，就搭上夜班火車，
旅行去吧。
穿越窗外所見的黑暗無光的風景，
去看鯨魚之墓吧。

好啦，夠了吧，請你一個人去。

終1975.7.7

# 滯留鋒面

我不懂的字，
有九個之多。
我不再看從前的書了。

我做了一個夢。

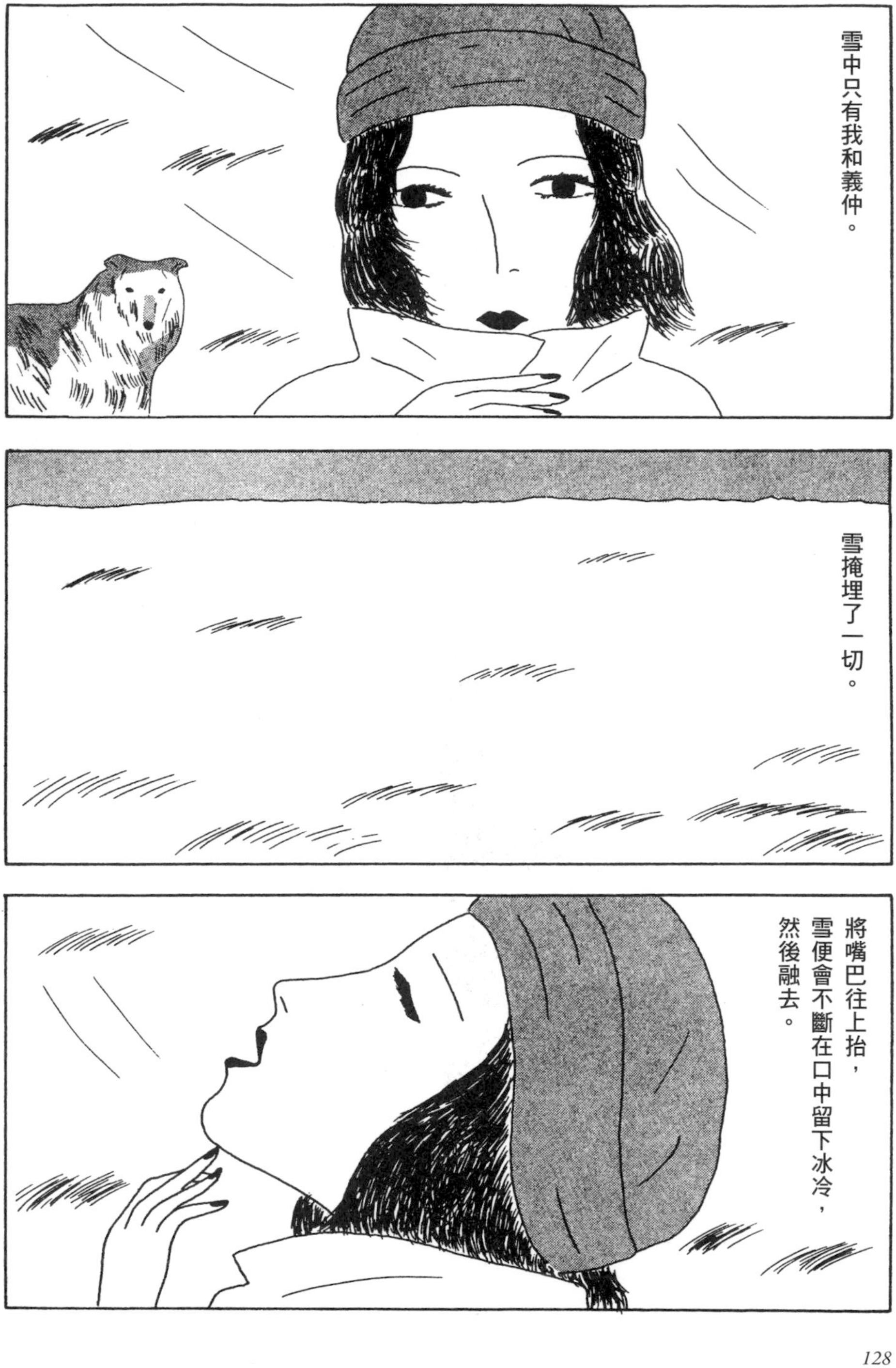
雪中只有我和義仲。
雪掩埋了一切。
將嘴巴往上抬，
雪便會不斷在口中留下冰冷，
然後融去。

就在這時，
冰水般的風吹走了我的帽子。
我的腳追向帽子，
結果膝蓋以下都陷進了雪中。
再過一陣子，
風又會把帽子吹向更遠處。
我總覺得
自己正慢慢地
被運往死亡的世界。
這是不是逐漸死去的感覺呢？
我心想。

深邃的森林，
安靜地橫亙在我眼前。
身後傳來義仲的叫聲，
我轉過頭去。
三個獵人進了我的山中小屋。
三個人都披著
斑羚的毛皮呢。

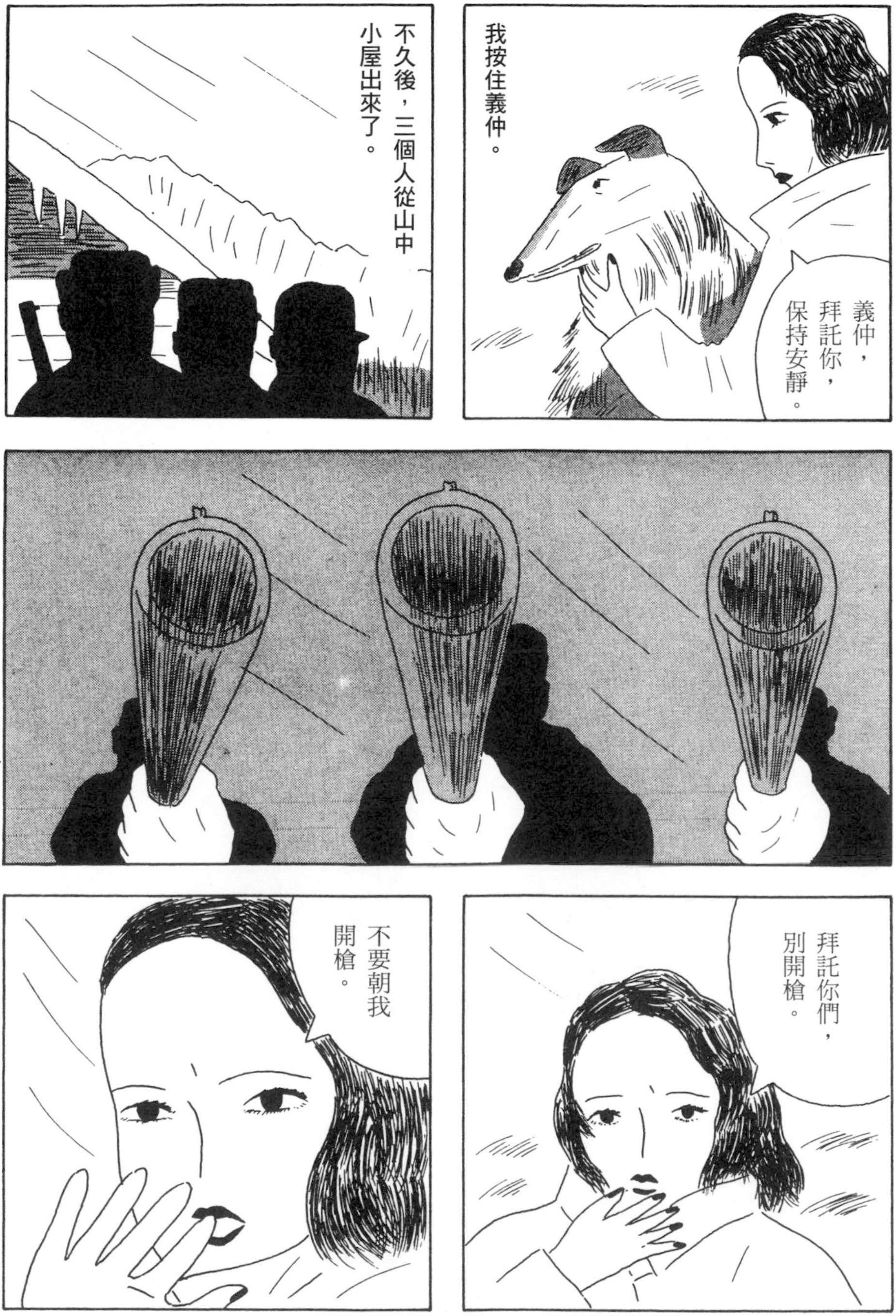
我按住義仲。
義仲，拜託你，保持安靜。
不久後，三個人從山中小屋出來了。
拜託你們，別開槍。
不要朝我開槍。

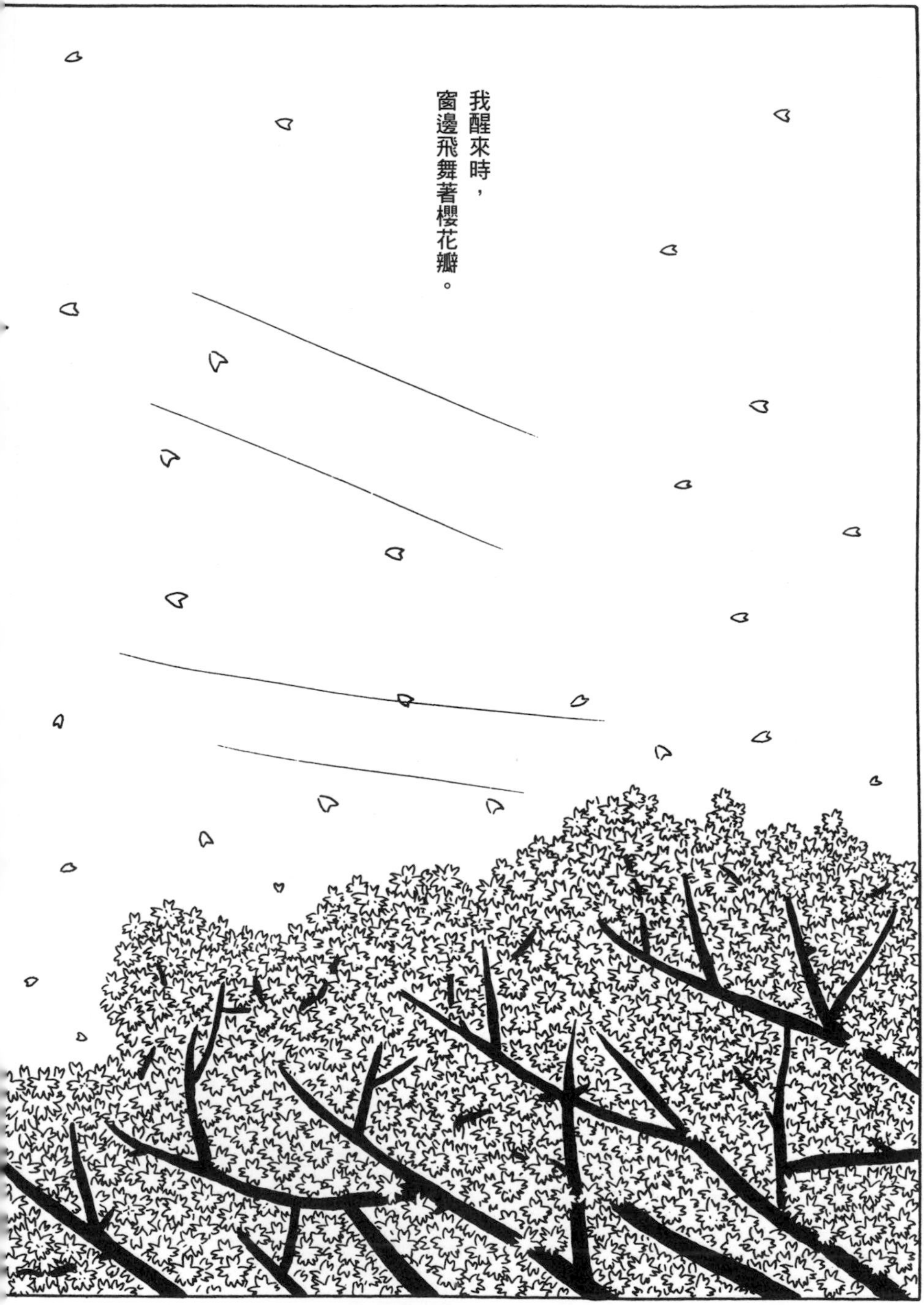
我醒來時，
窗邊飛舞著櫻花瓣。

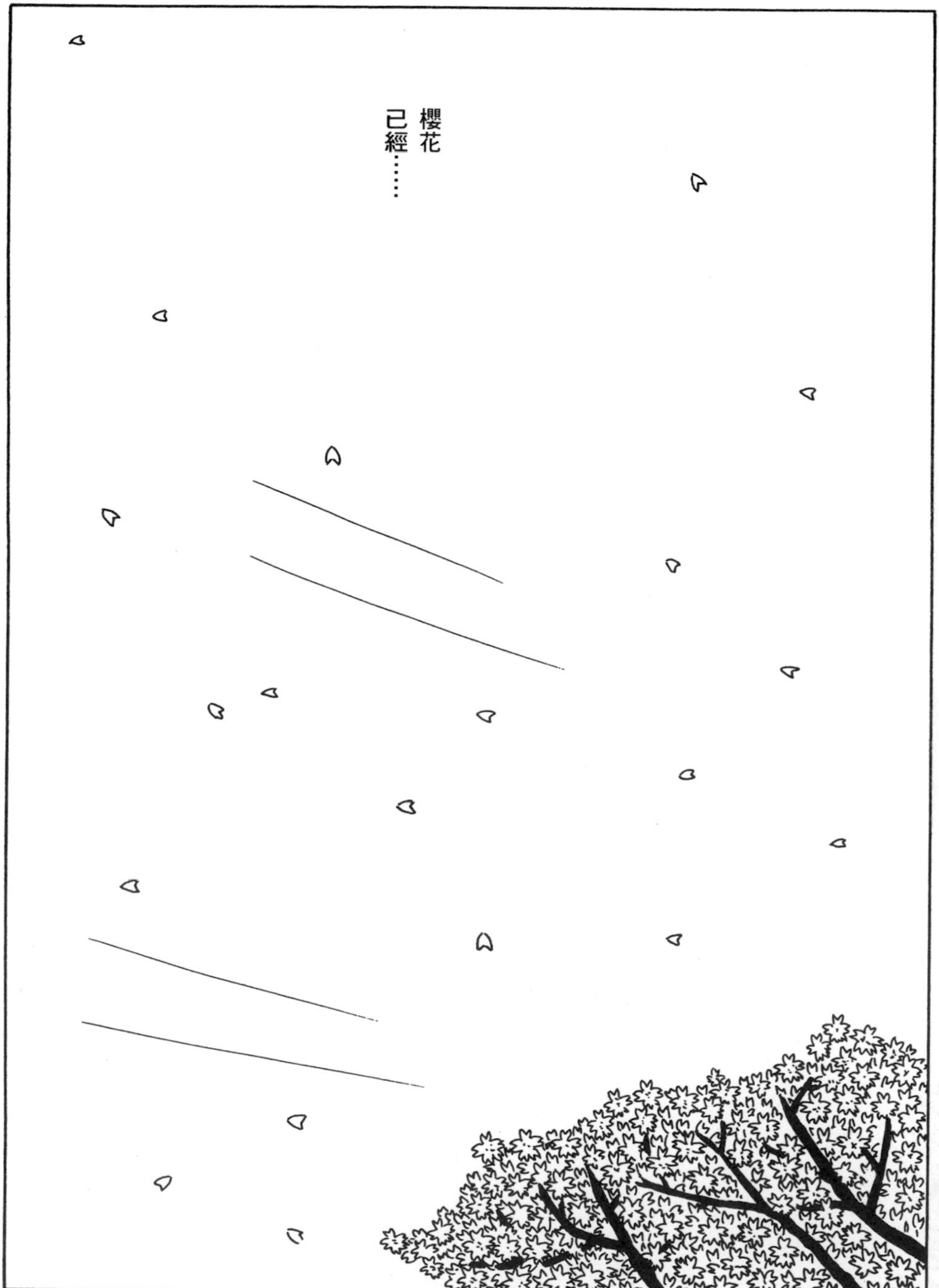
櫻花
已經……

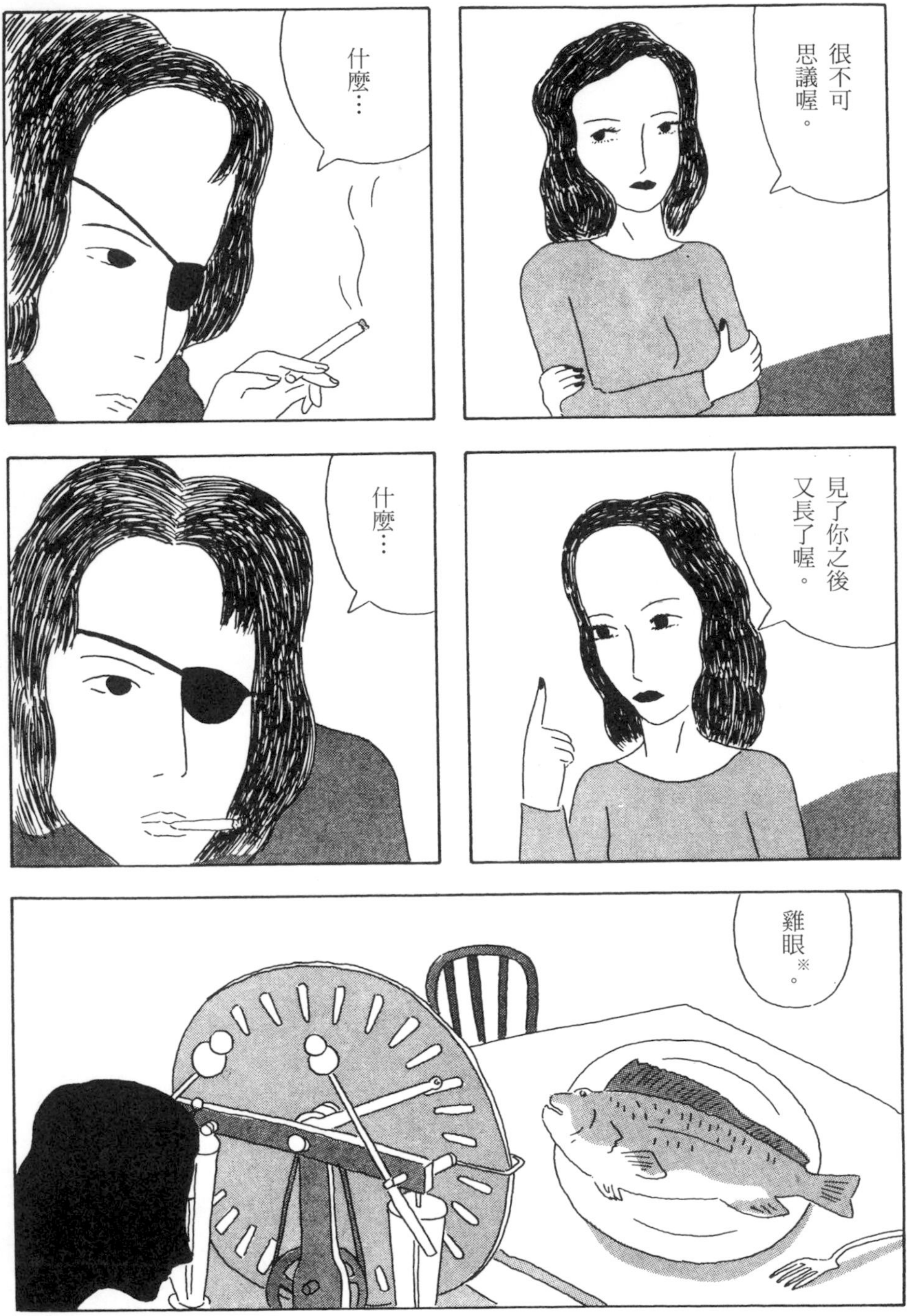
很不可思議喔。
什麼…
見了你之後又長了喔。
什麼…
雞眼※。

※日文為「魚眼」

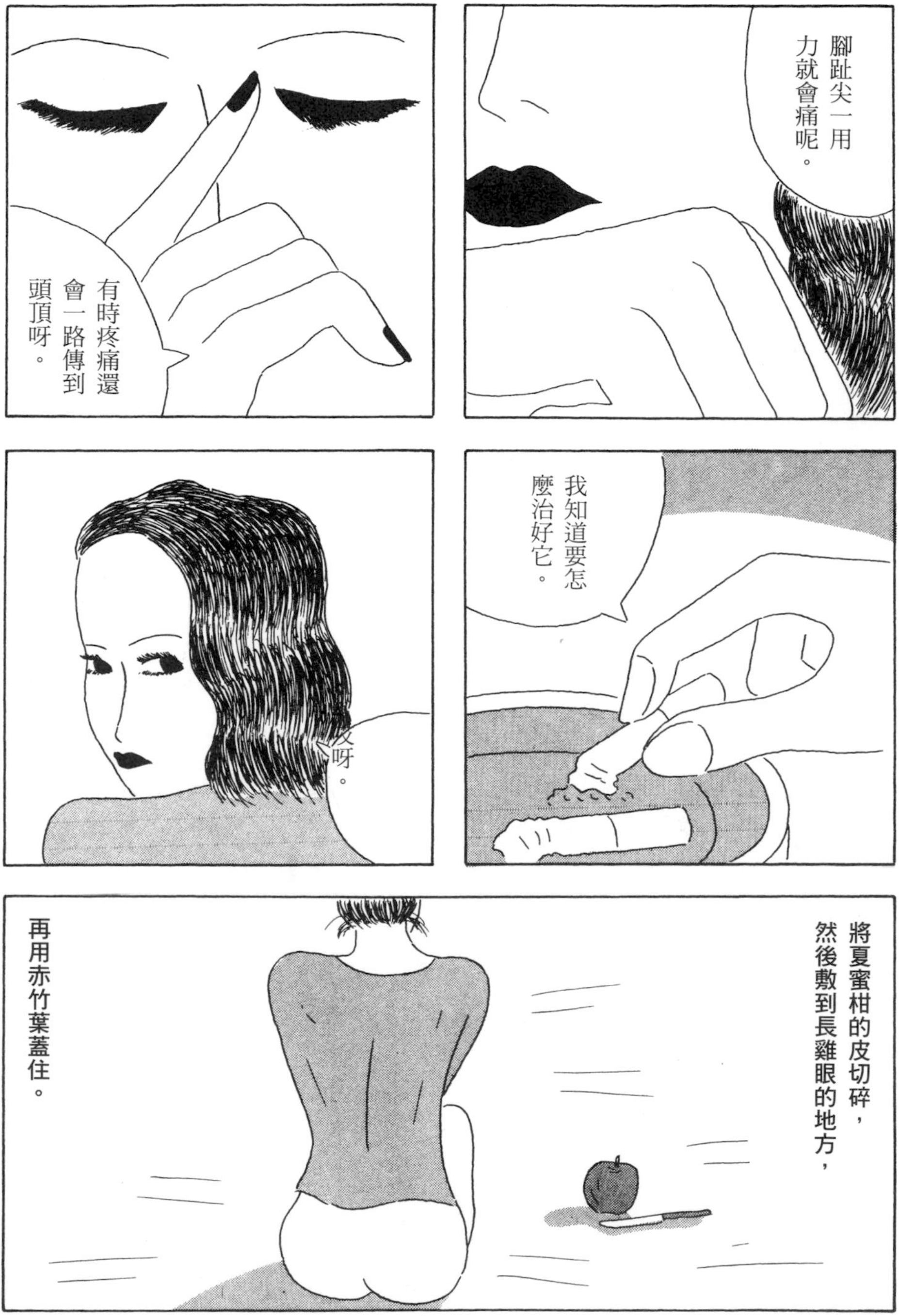
腳趾尖一用力就會痛呢。
有時疼痛還會一路傳到頭頂呀。
我知道要怎麼治好它。
呀。
將夏蜜柑的皮切碎，然後敷到長雞眼的地方，
再用赤竹葉蓋住。

從前從前，有一個愛說謊的小孩，
他說大野狼出現了，
驚動一個又一個村子。
有大野狼——
有大野狼——

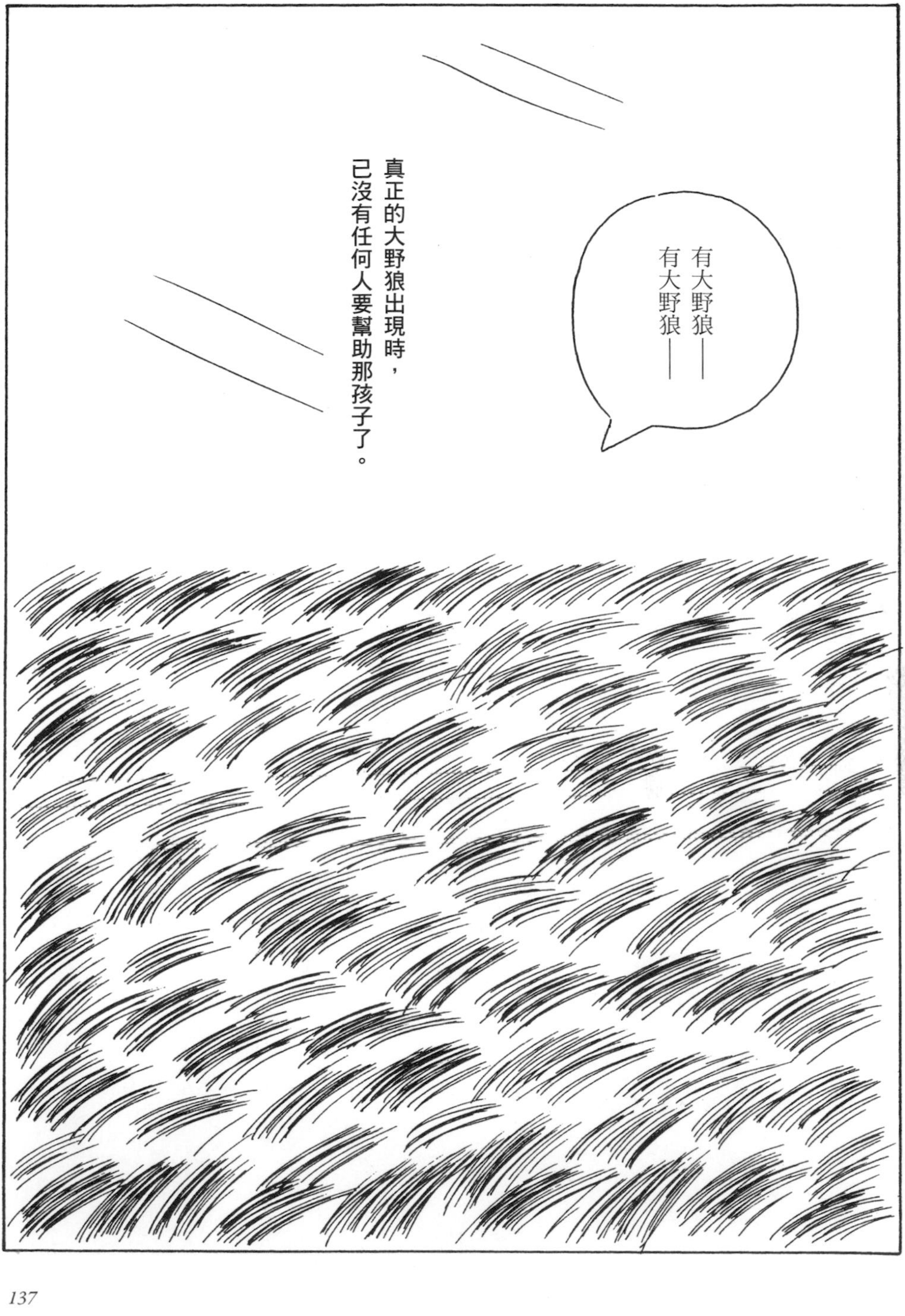
有大野狼——
有大野狼——
真正的大野狼出現時，
已沒有任何人要幫助那孩子了。

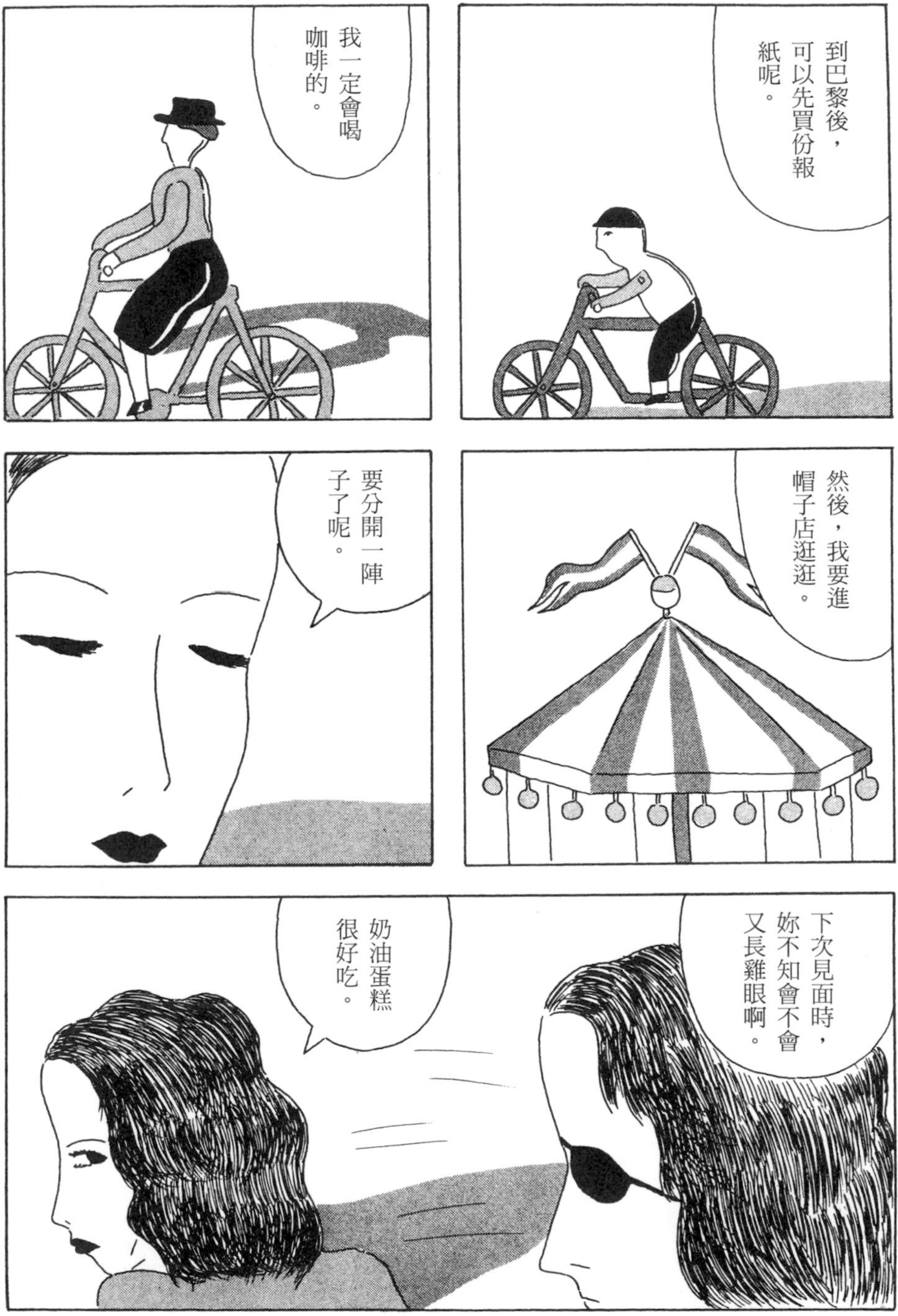
到巴黎後，可以先買份報紙呢。
我一定會喝咖啡的。
然後，我要進帽子店逛逛。
要分開一陣子了呢。
下次見面時，妳不知會不會又長雞眼啊。
奶油蛋糕很好吃。

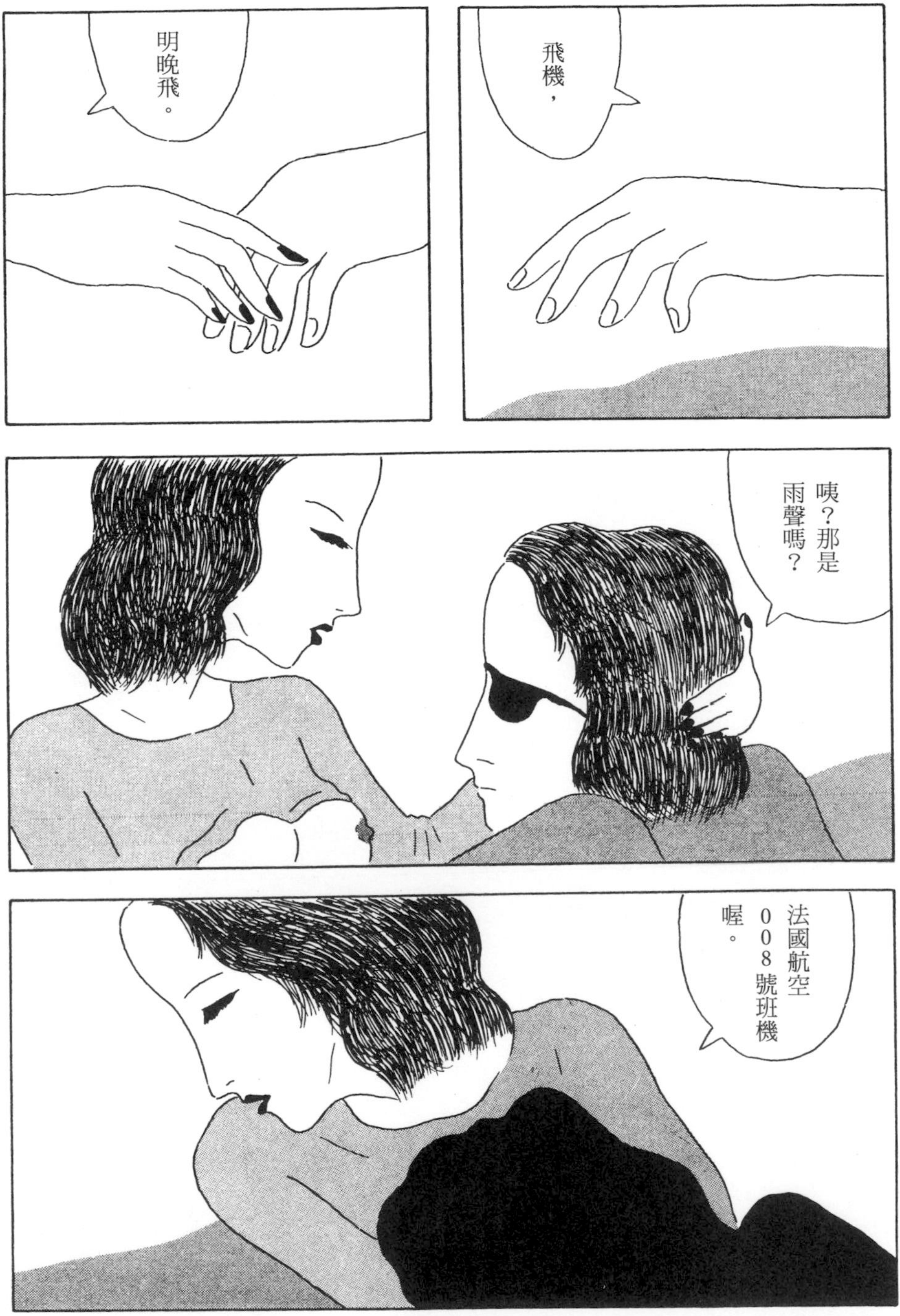
飛機，
明晚飛。
咦？那是雨聲嗎？
法國航空008號班機喔。

終 1976.2.1

# 冬季小鎮

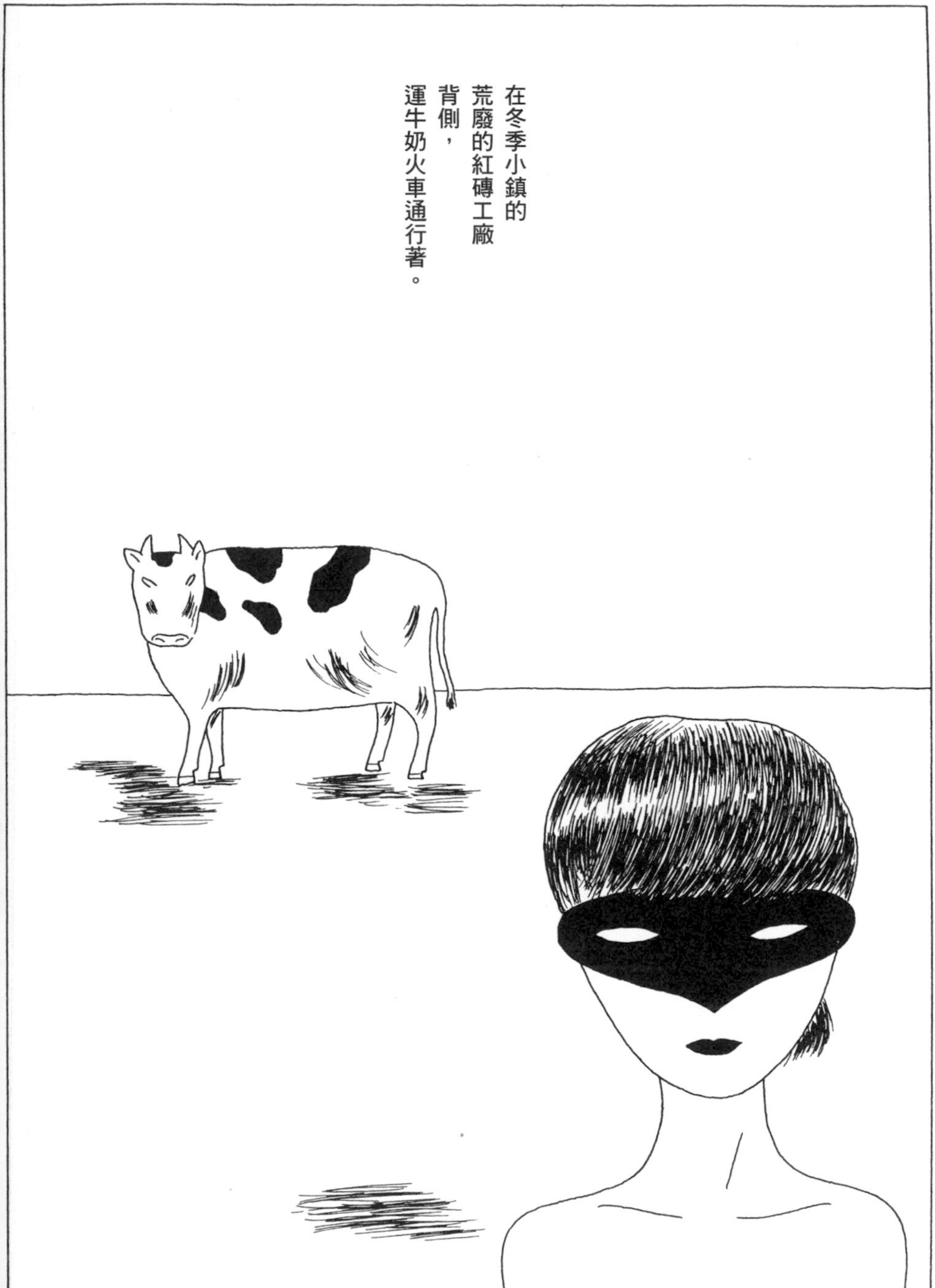
在冬季小鎮的
荒廢的紅磚工廠
背側，
運牛奶火車通行著。

在冬季小鎮的坐落著沙石場的彎道上，迷路的小孩哭泣著。

話說那陣子的我呀，
連鳥類標本
都做膩了。
雖然進了一流公司，
但像我這樣的人，
不可能久待。
WES MONTGOMERY
A DAY IN THE LIFE

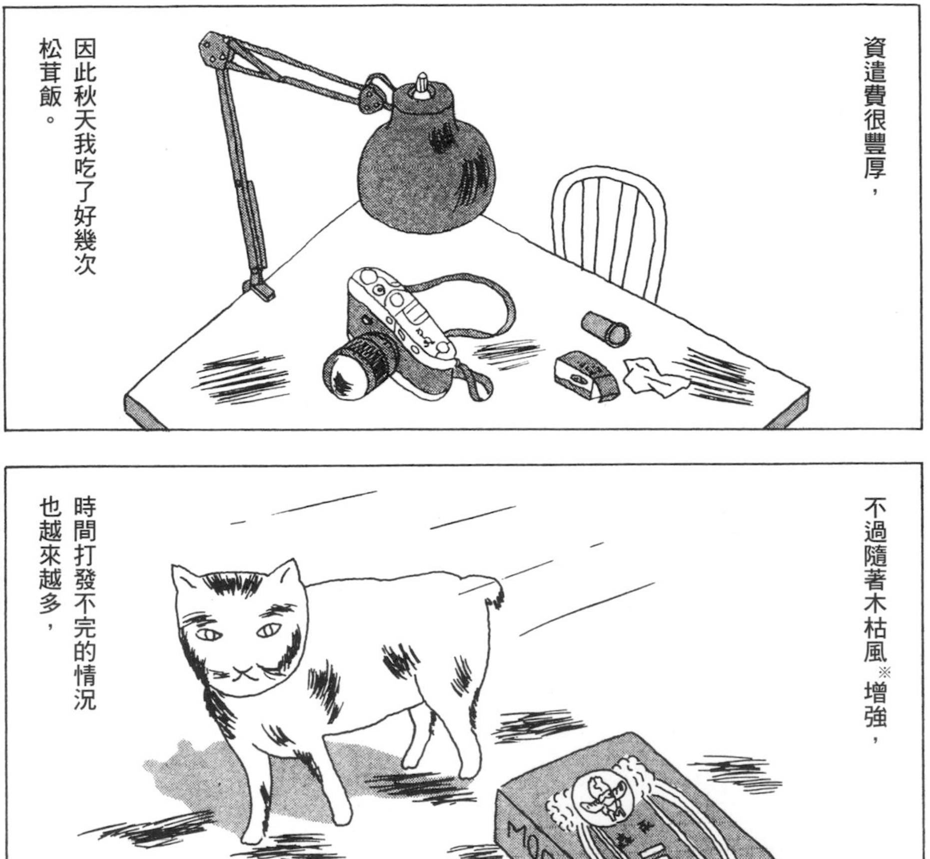

資遣費很豐厚，
因此秋天我吃了好幾次松茸飯。
不過隨著木枯風※增強，
時間打發不完的情況也越來越多，
出門散步，
卻毫無意義地看著派出所前面的通緝犯照片。
諸如此類的。
如果你對這些人有印象
この顔のピンときたら
尋人
たずね人


※日本晚秋到初冬之間吹的偏北風。

會和秋本相機店的靜江交往，
主要也是基於想玩玩的念頭，很不認真。
我還以為你不來了呢。
哎呀，我的手錶狀況不太好呢。
來，底片在這喔。
謝謝。真的可以給我這麼多嗎？

《野生動物》之後會刊我拍的照片喔。
好像會漸漸闖出名聲呢。
才不會咧，像我這種人是不可能的。
ICE COLD
Coca-Cola
拍鳥的照片很辛苦吧。
嗯，頗累人的。要不要跟個一次看看？

妳喜歡鳥嗎？
我小時候養過一次呀。
竟然。什麼鳥？
我忘記名字了，鳥喙是桃紅色的。
桃紅色的鳥喙……

在冬季小鎮的
風屋橫丁的
公寓內，
穿桃紅色細肩帶洋裝的女子
等待著某人。

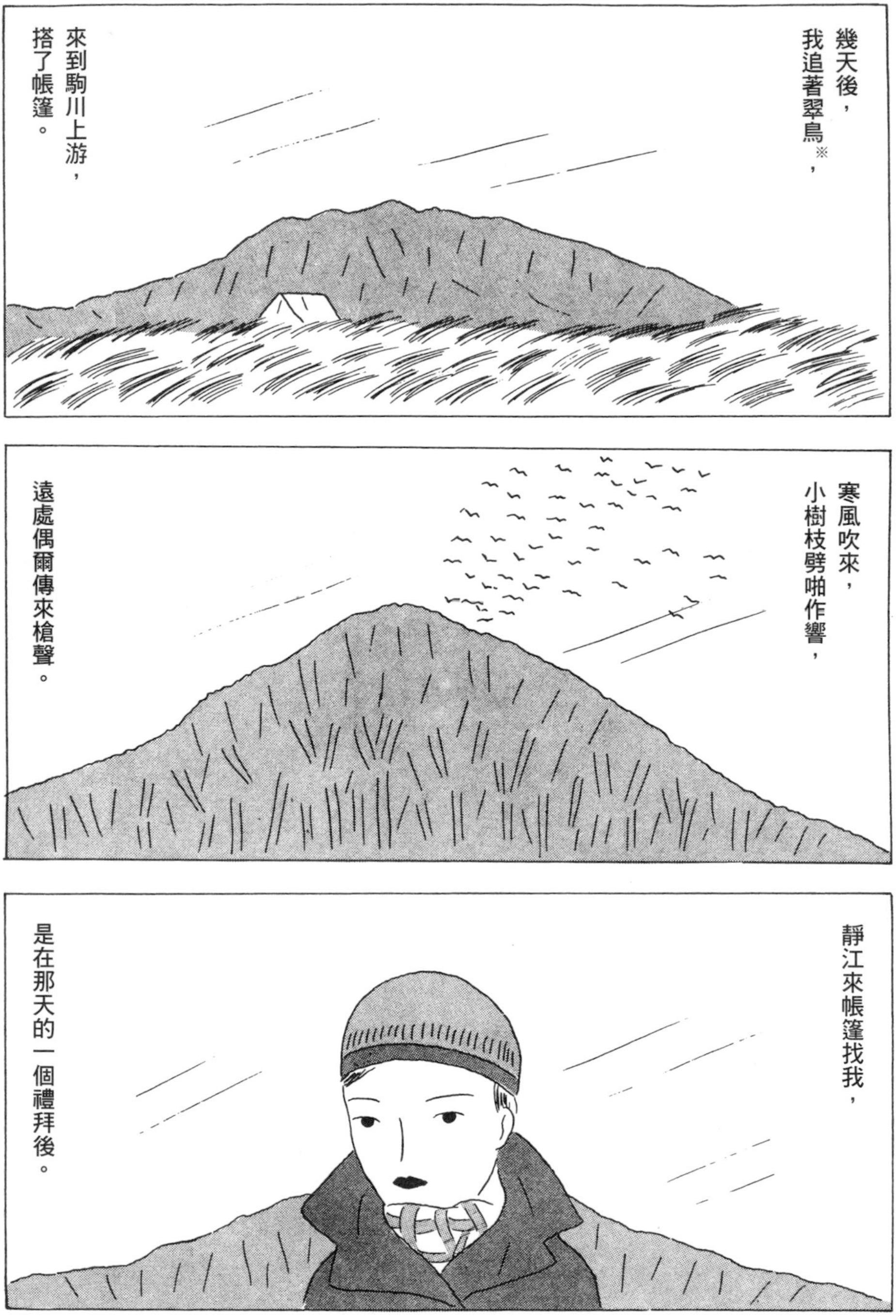
幾天後，
我追著翠鳥※，
來到駒川上游，
搭了帳篷。
寒風吹來，
小樹枝劈啪作響，
遠處偶爾傳來槍聲。
靜江來帳篷找我，
是在那天的一個禮拜後。

※翠鳥＝翠鳥科的鳥　背部為琉璃色，腹部為茶色，喙長尾短，棲息於河流、水池等水畔。

你鬍子變長了呢。
這裡很冷喔。
隆隆——
有人在打獵呢。
你每天都煮些什麼來吃？
大多吃罐頭呀。

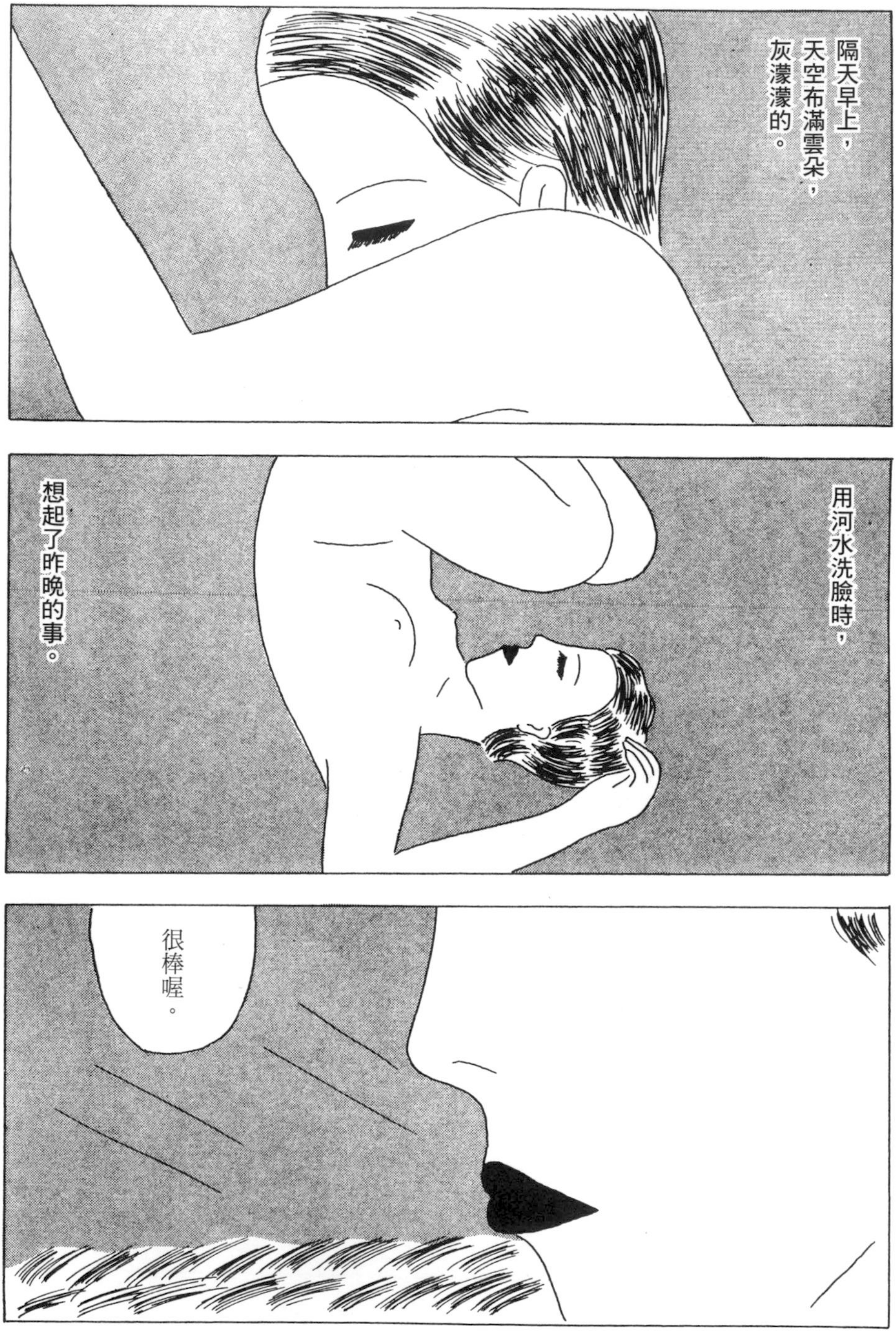
隔天早上，天空布滿雲朵，灰濛濛的。
用河水洗臉時，
想起了昨晚的事。
很棒喔。

河水流過的聲音，
和翠鳥的叫聲
都很安靜。

我從岩石後方追拍
翠鳥。
之後過了多久的
時間呢？

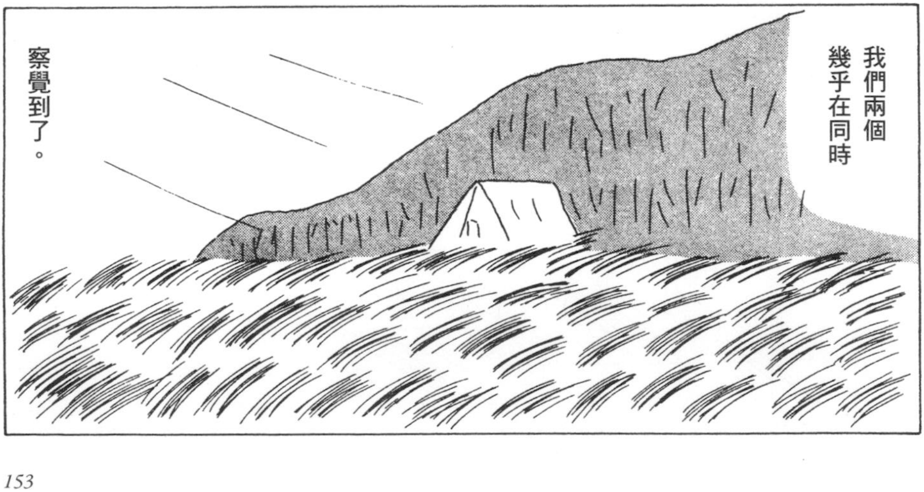
我們兩個
幾乎在同時
察覺到了。

是雪喔。

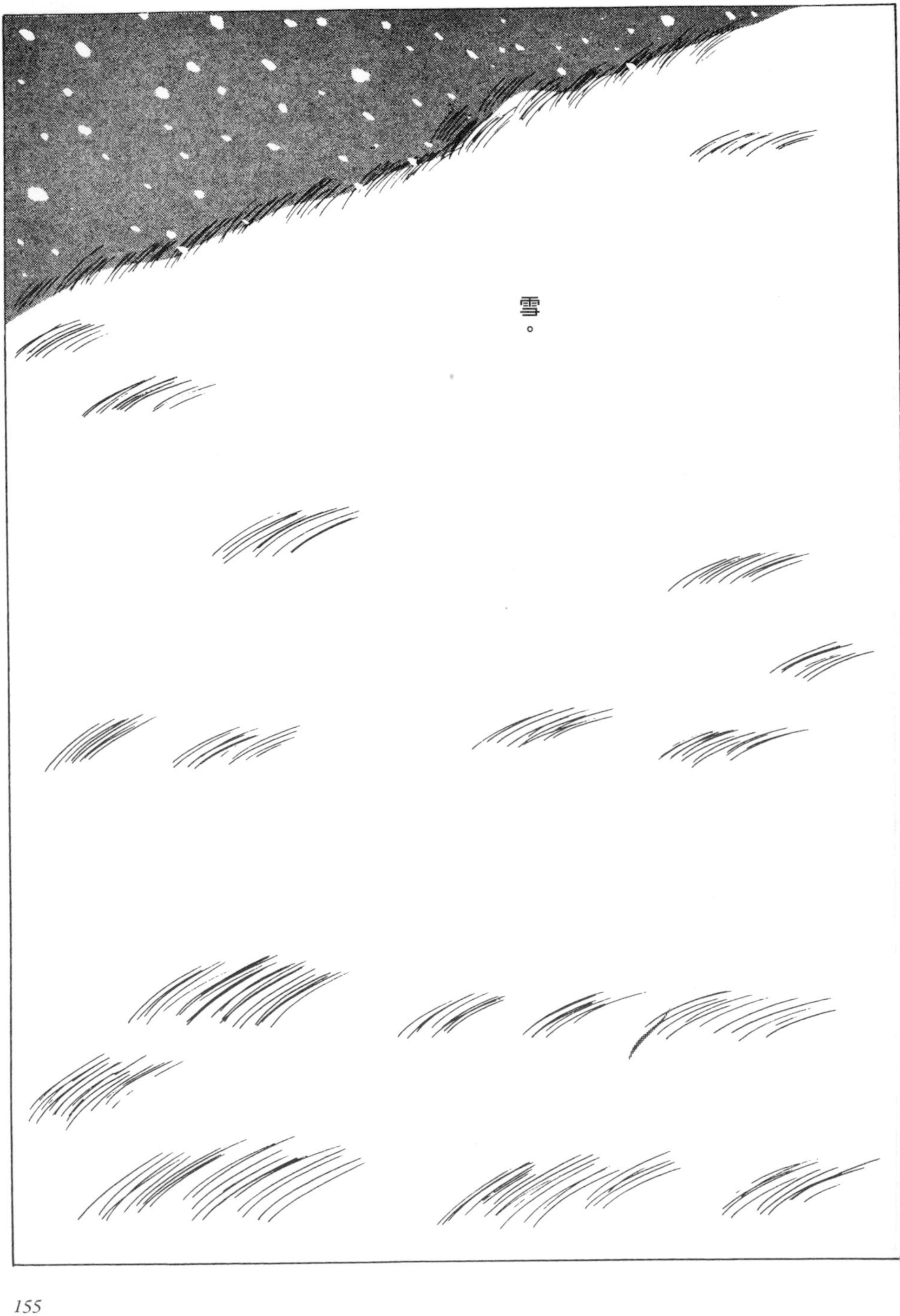
雪。

終 1975.10.8

# 獵狐狸

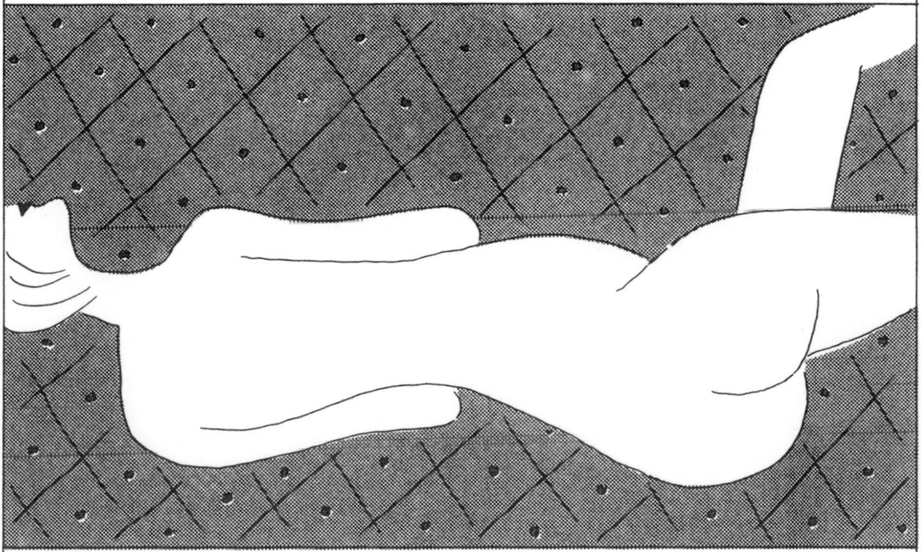

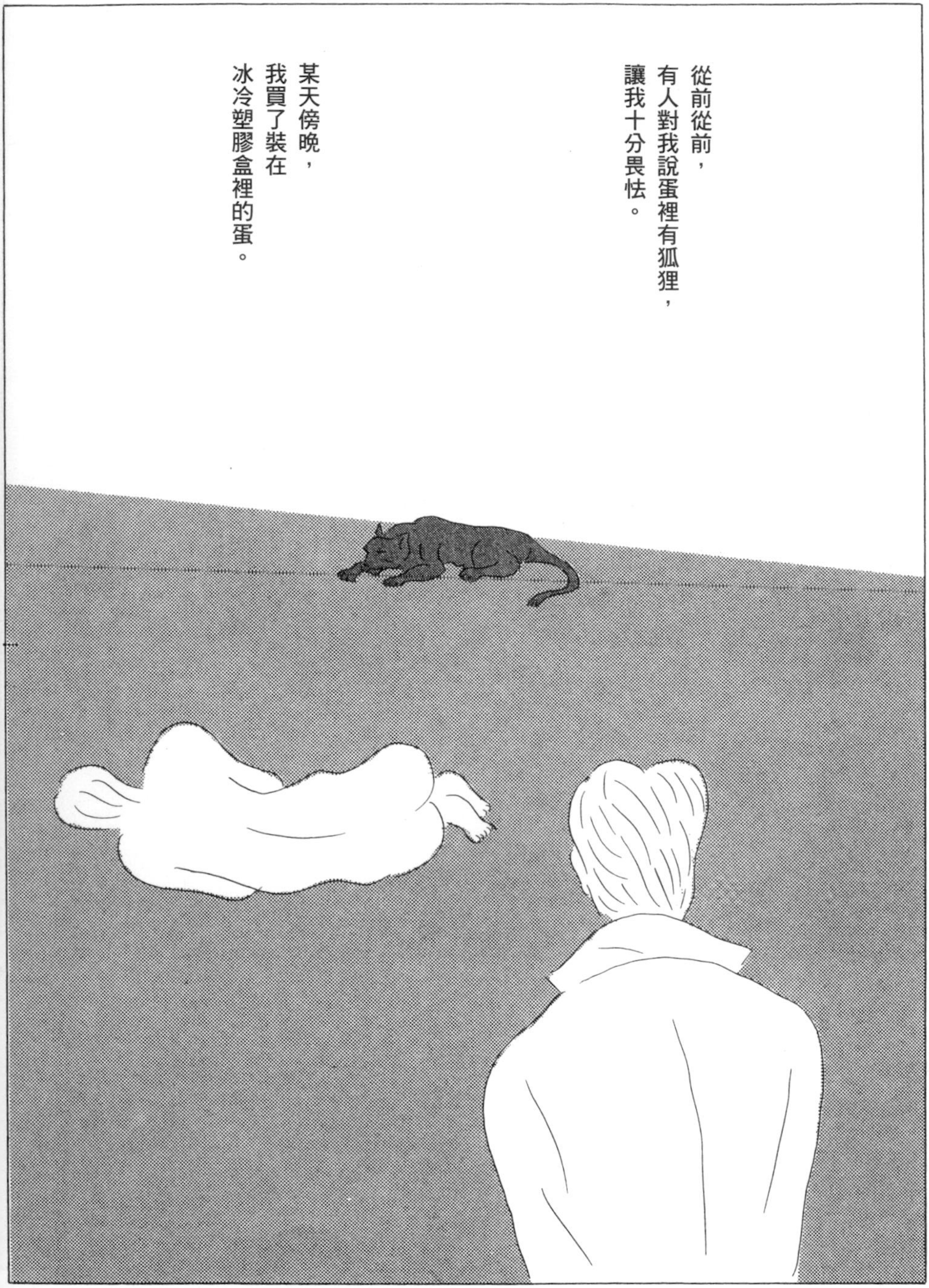
從前從前，
有人對我說蛋裡有狐狸，
讓我十分畏怯。
某天傍晚，
我買了裝在
冰冷塑膠盒裡的蛋。

蛋裡，
有我在沉睡，
我想起了十二隻狐狸。

那天，我的午餐是五〇〇元的雞肉咖哩。
久等了，雞肉咖哩。
這餐廳和後方的電視台相連。
馬上就要去錄影囉。
真浮誇的傢伙們啊。
這麼說來，這裡零星冒出了幾張「感覺在某處看過的臉」呢。
話說回來，吃個雞肉咖哩竟然會被電視連續劇挖角。
不好意思打擾您用餐。
呃。
我就在那時跨入了演藝圈。

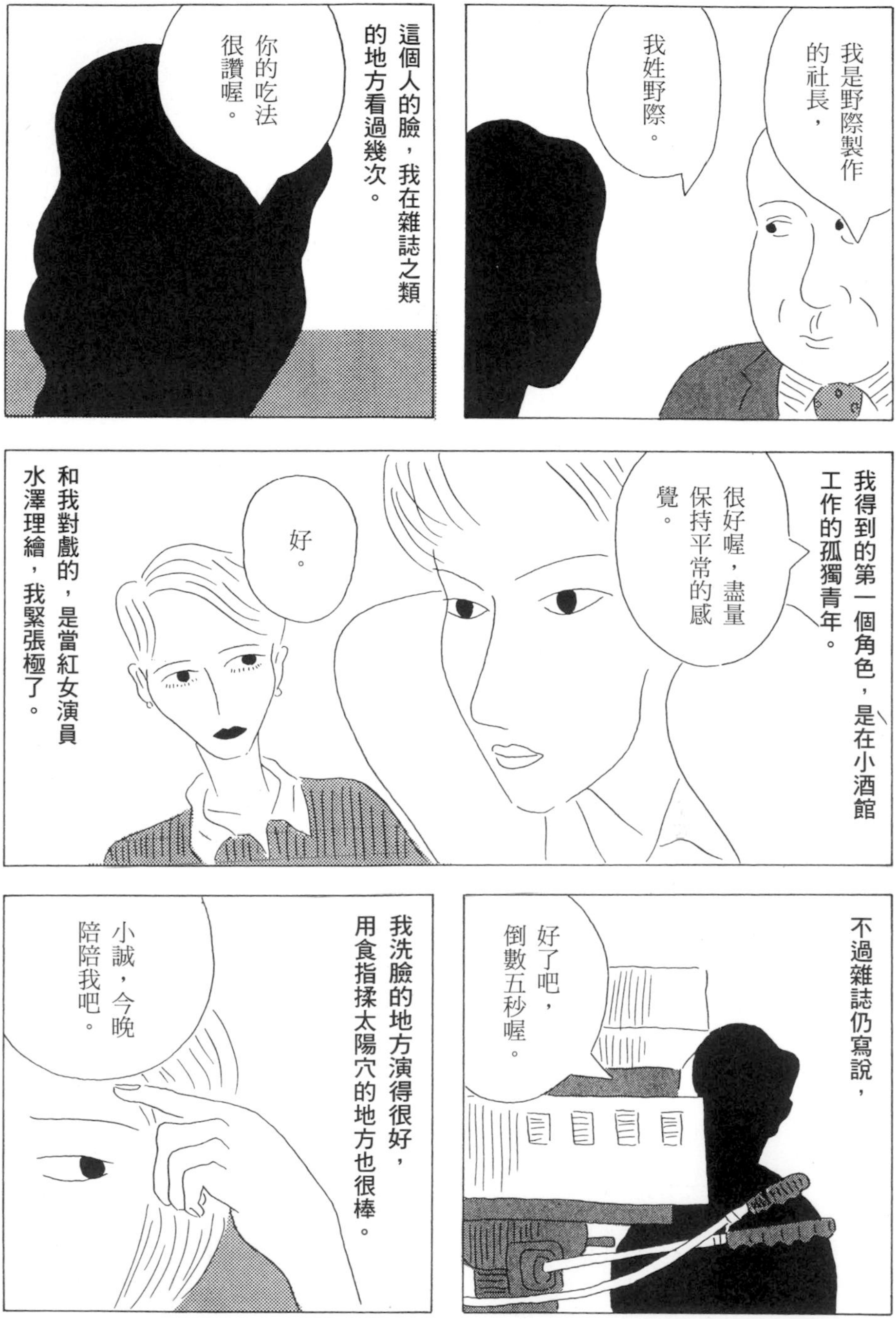
我是野際製作的社長，
我姓野際。
這個人的臉，我在雜誌之類的地方看過幾次。
你的吃法很讚喔。
我得到的第一個角色，是在小酒館工作的孤獨青年。
很好喔，盡量保持平常的感覺。
好。
和我對戲的，是當紅女演員水澤理繪，我緊張極了。
不過雜誌仍寫說，
好了吧，倒數五秒喔。
我洗臉的地方演得很好，用食指揉太陽穴的地方也很棒。
小誠，今晚陪陪我吧。

外頭下著早春的冰雨。
社長真會喝呢。
別叫我什麼社長啦，聽了就討厭。
喂，小誠，去招計程車。
已經滿醉的呢。
我在計程車內靜靜看著這個喝醉的女人的臉。

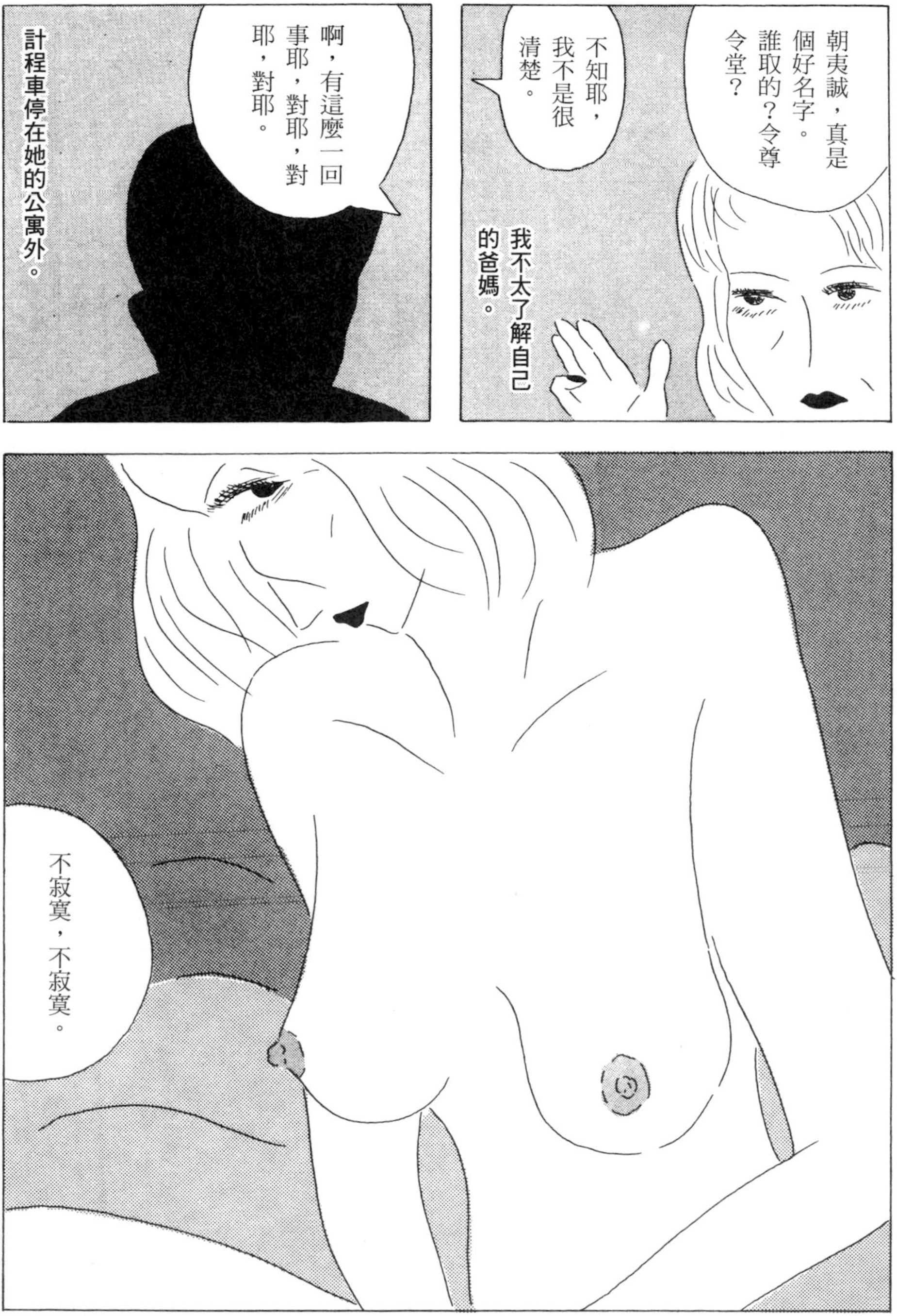
朝夷誠，真是個好名字。誰取的？令尊令堂？
不知耶，我不是很清楚。
我不太了解自己的爸媽。
啊，有這麼一回事耶，對耶，對耶，對耶。
計程車停在她的公寓外。
不寂寞，不寂寞。

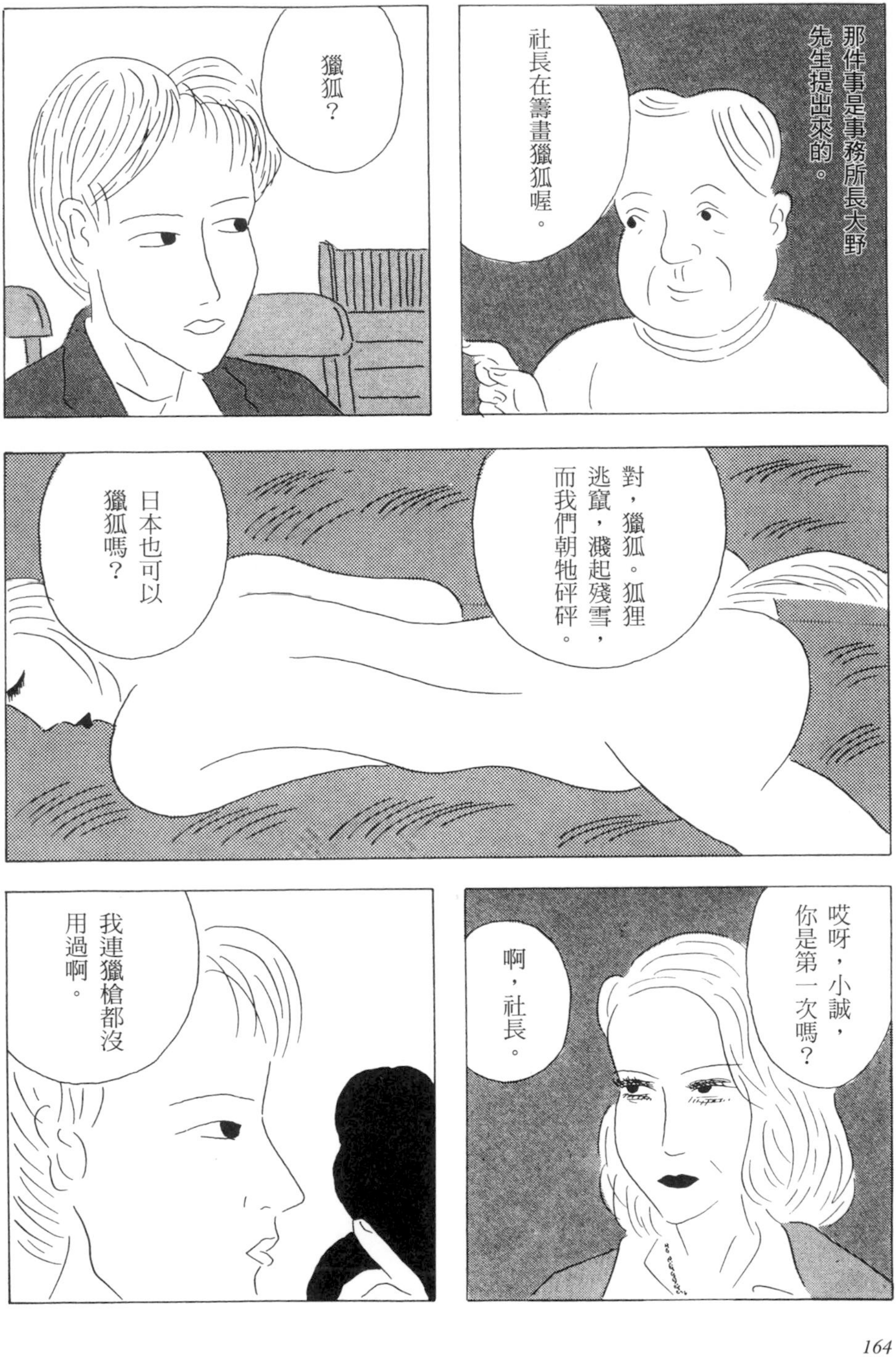
那件事是事務所長大野先生提出來的。
社長在籌畫獵狐喔。
獵狐？
對，獵狐。狐狸逃竄，濺起殘雪，而我們朝牠砰砰。
日本也可以獵狐嗎？
哎呀，小誠，你是第一次嗎？
啊，社長。
我連獵槍都沒用過啊。

那大家一起去吧。
那把水澤小妹和攝影師野田也帶去吧。
哇，太棒了耶。
我一整個得意了起來。
我們深夜從東京出發，大清早抵達作為目的地的山莊。
野際製作的出遊同伴有三個應邀，人已經到了。
哎，今天會是大晴天呢，一定會的。
晨曦開始照亮山頂了。
一定會是無比美好的一次獵狐喔。
大家不知為何，心情都很雀躍。

喘口氣小睡一下後，獵狐開始了。
哇——這槍真好呀。
畢竟是德製的啊。
我該用哪一把咧，感覺很可怕呢。
沒有小誠的份喔。
嗚——
你是狐狸喔。
咦？
我搞不懂她在說什麼，整個糊塗了。

來，脫衣服。
你要變成狐狸，光溜溜地逃跑喔。
從前從前，有人對我說蛋裡有狐狸，讓我十分畏怯。

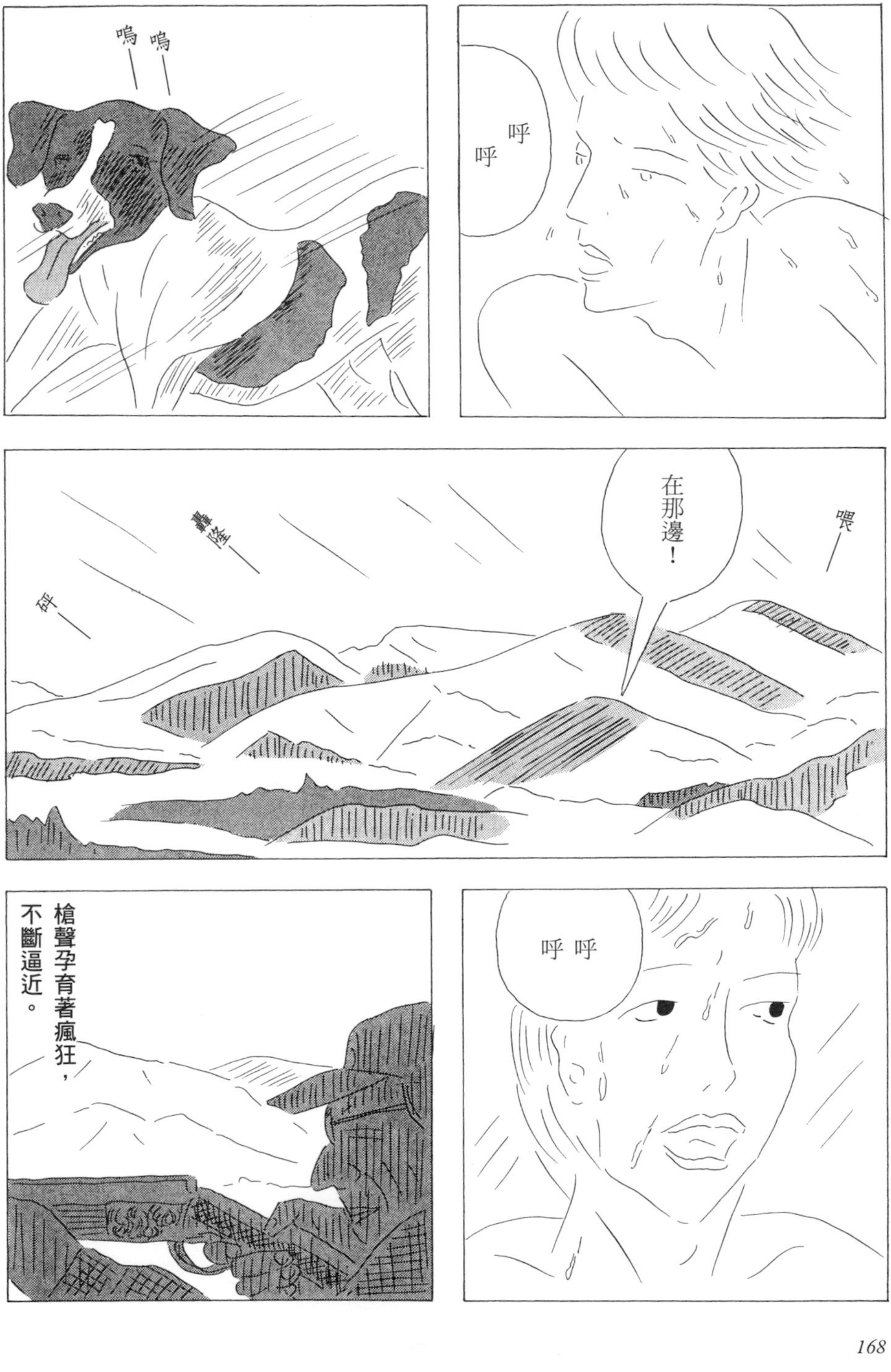
呼
呼
嗚—
嗚—
喂—
在那邊！
轟隆—
砰—
呼呼
槍聲孕育著瘋狂，不斷逼近。

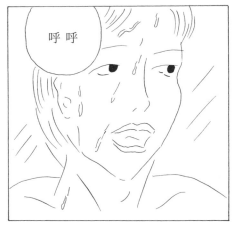

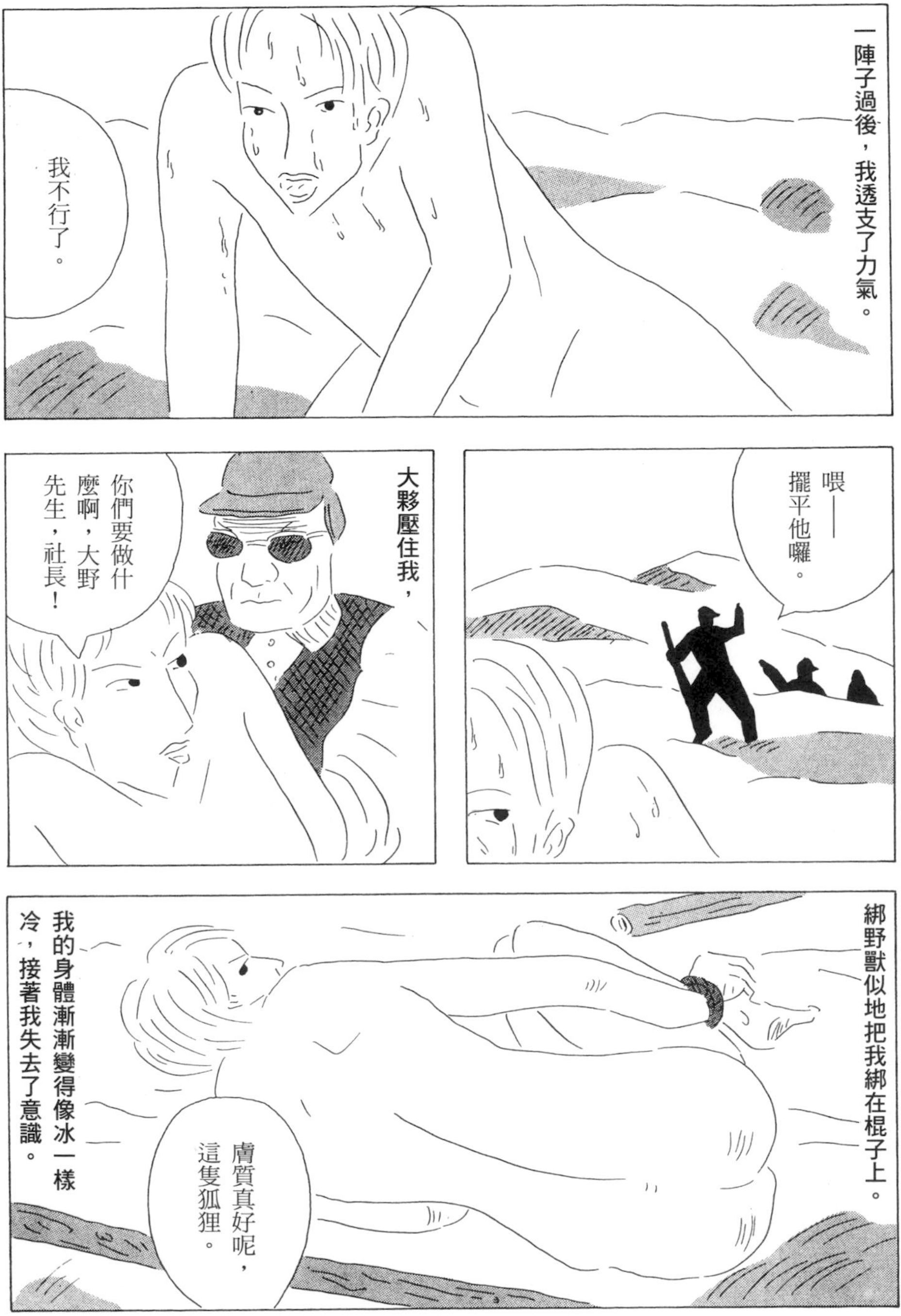
一陣子過後，我透支了力氣。
我不行了。
喂——擺平他囉。
大夥壓住我，
你們要做什麼啊，大野先生，社長！
綁野獸似地把我綁在棍子上。
膚質真好呢，這隻狐狸。
我的身體漸漸變得像冰一樣冷，接著我失去了意識。

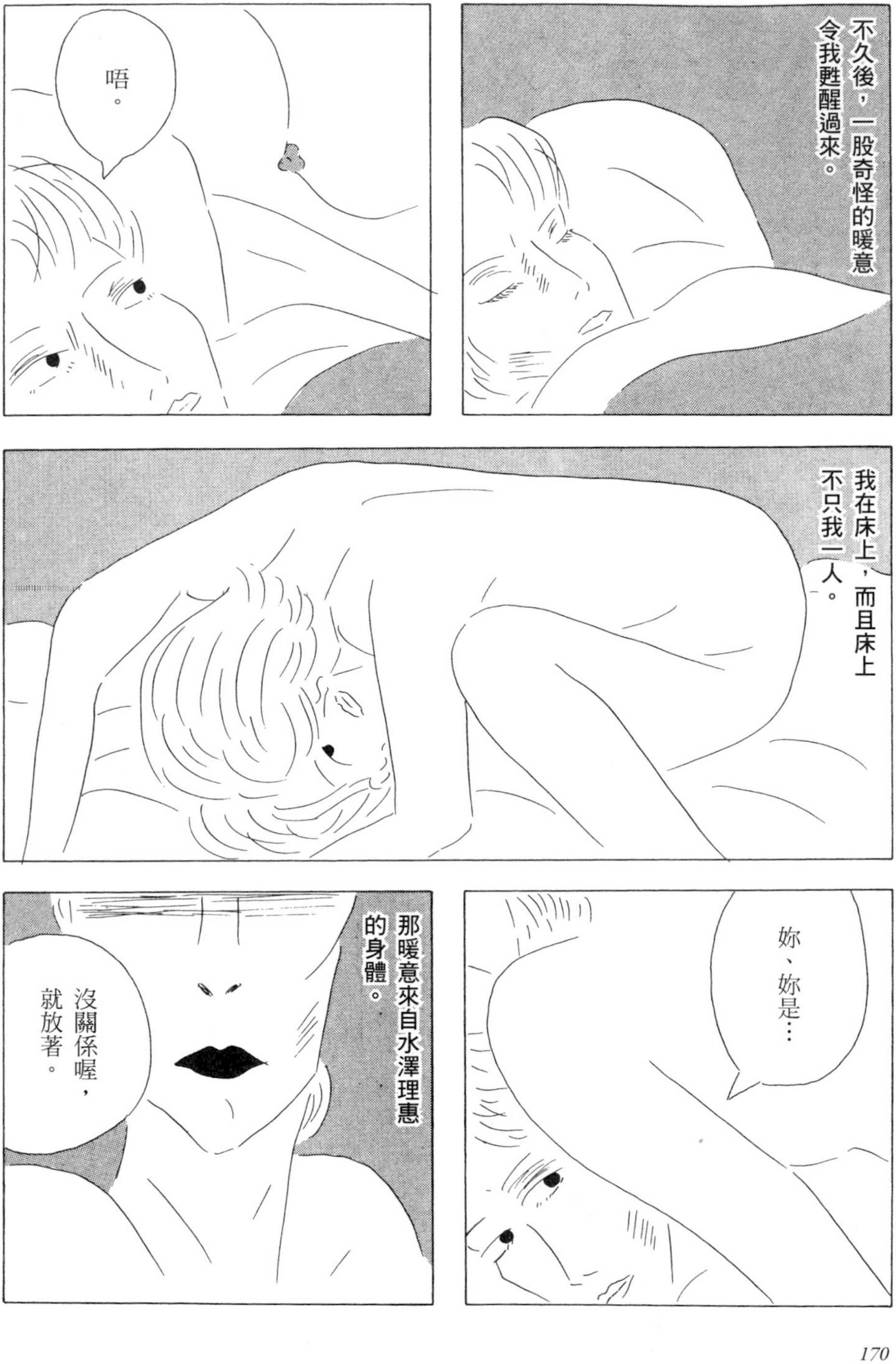
不久後，一股奇怪的暖意令我甦醒過來。
唔。
我在床上，而且床上不只我一人。
妳、妳是…
那暖意來自水澤理惠的身體。
沒關係喔，就放著。

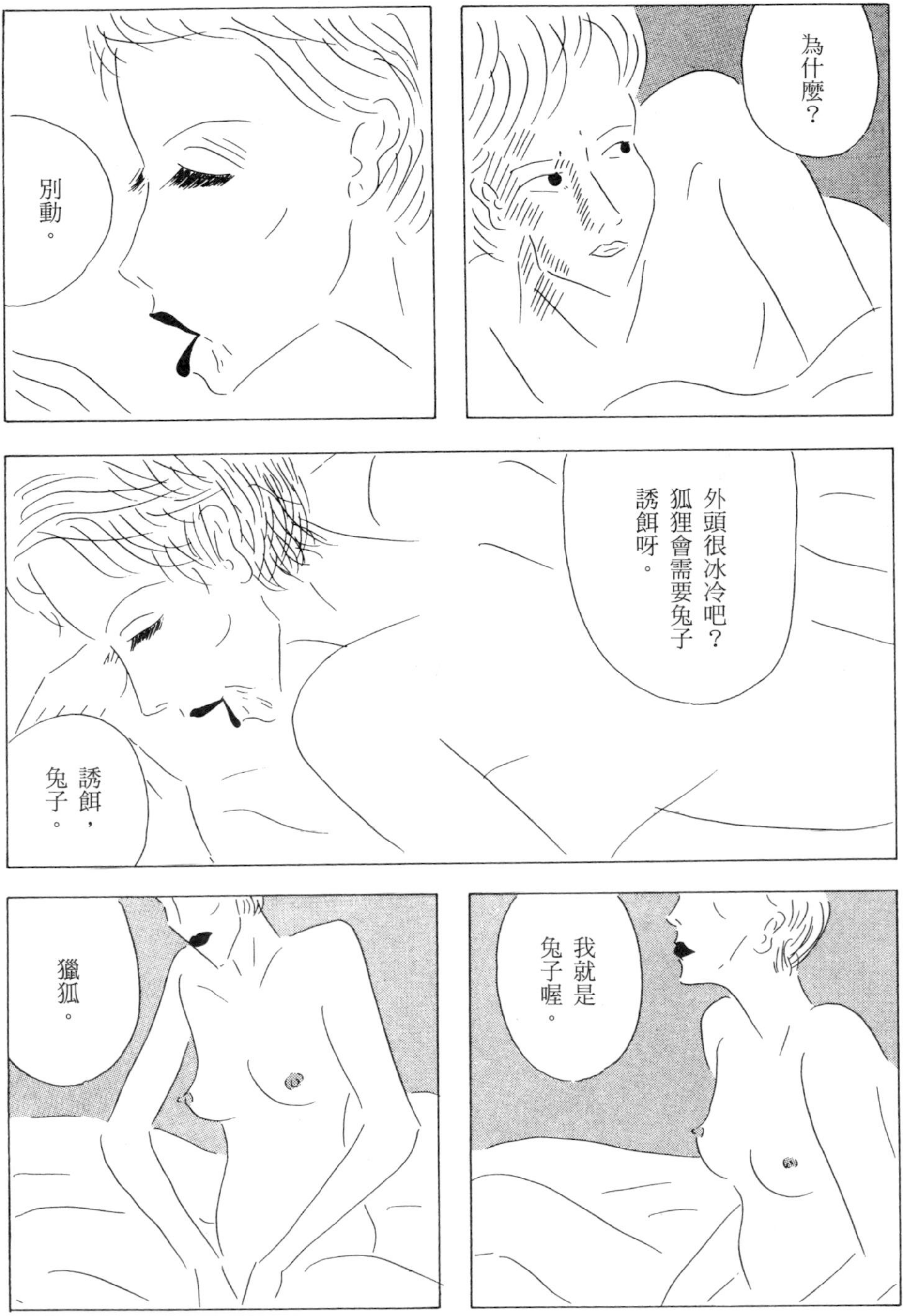
別動。
為什麼？
外頭很冰冷吧？狐狸會需要兔子誘餌呀。
誘餌，兔子。
獵狐。
我就是兔子喔。

終 1979.4.6

麥笛

安靜如禱告的風中，
麥笛哭泣著。

長草的田埂上，
盛開著無名的
草花。
春光中，
自足。

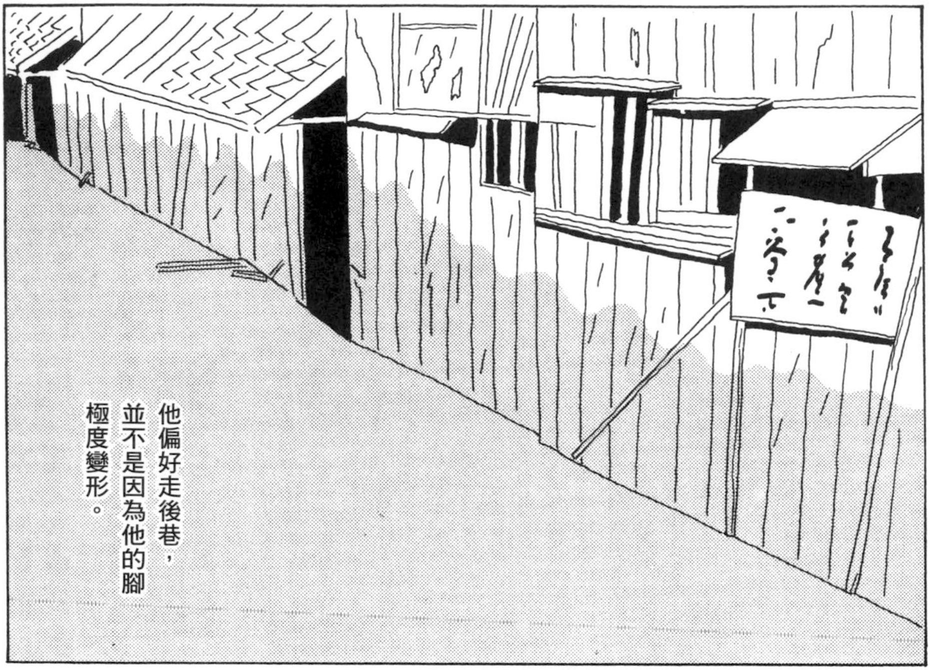
他偏好走後巷，
並不是因為他的腳
極度變形。

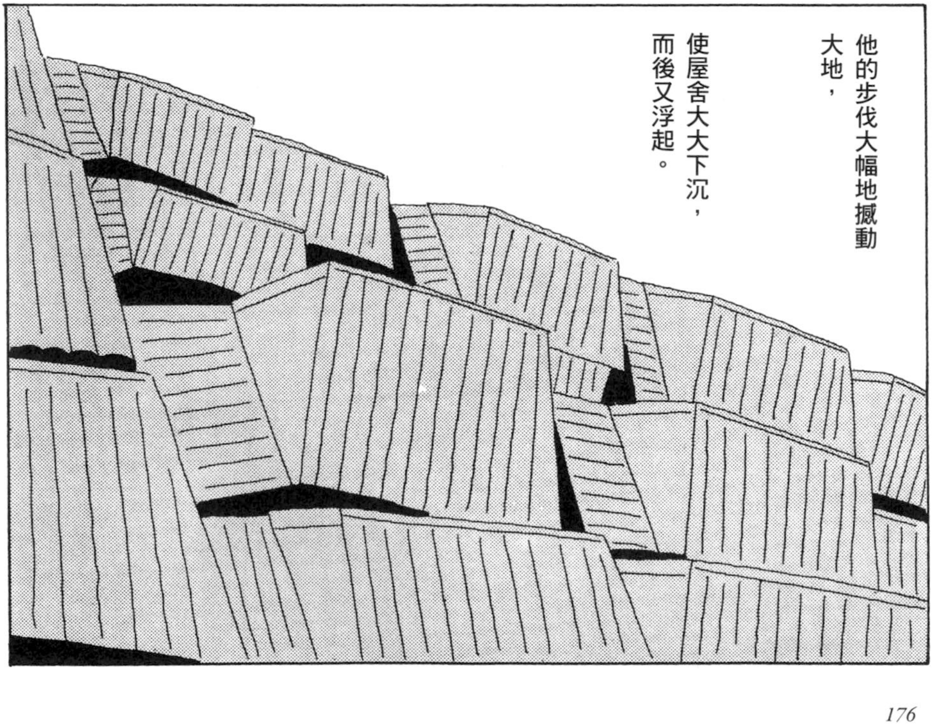
他的步伐大幅地撼動
大地，
使屋舍大大下沉，
而後又浮起。

他的面孔散發出殘疾者才具備的不可思議的美感。
靜靜散步……

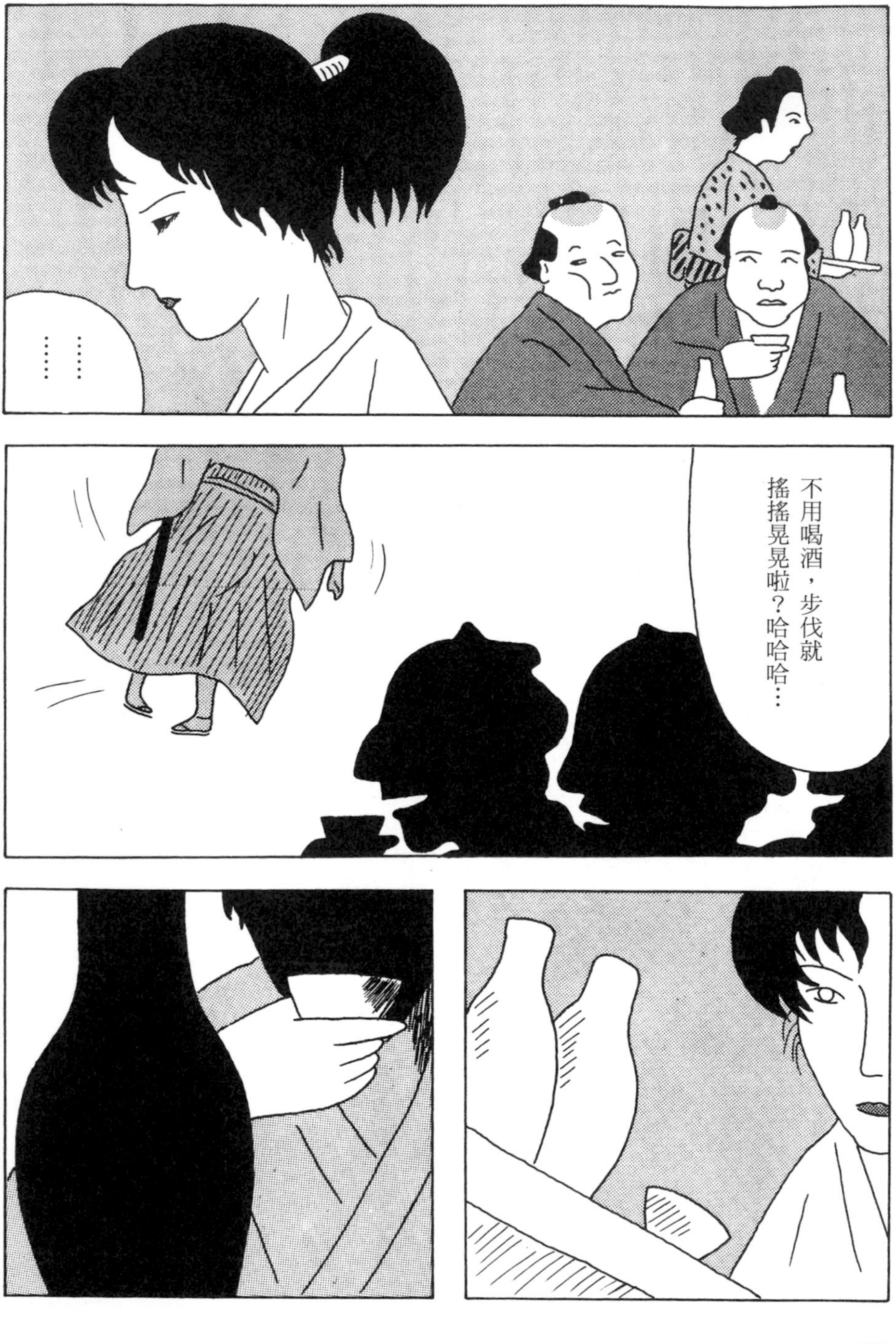
……
不用喝酒，步伐就搖搖晃晃啦？哈哈哈…

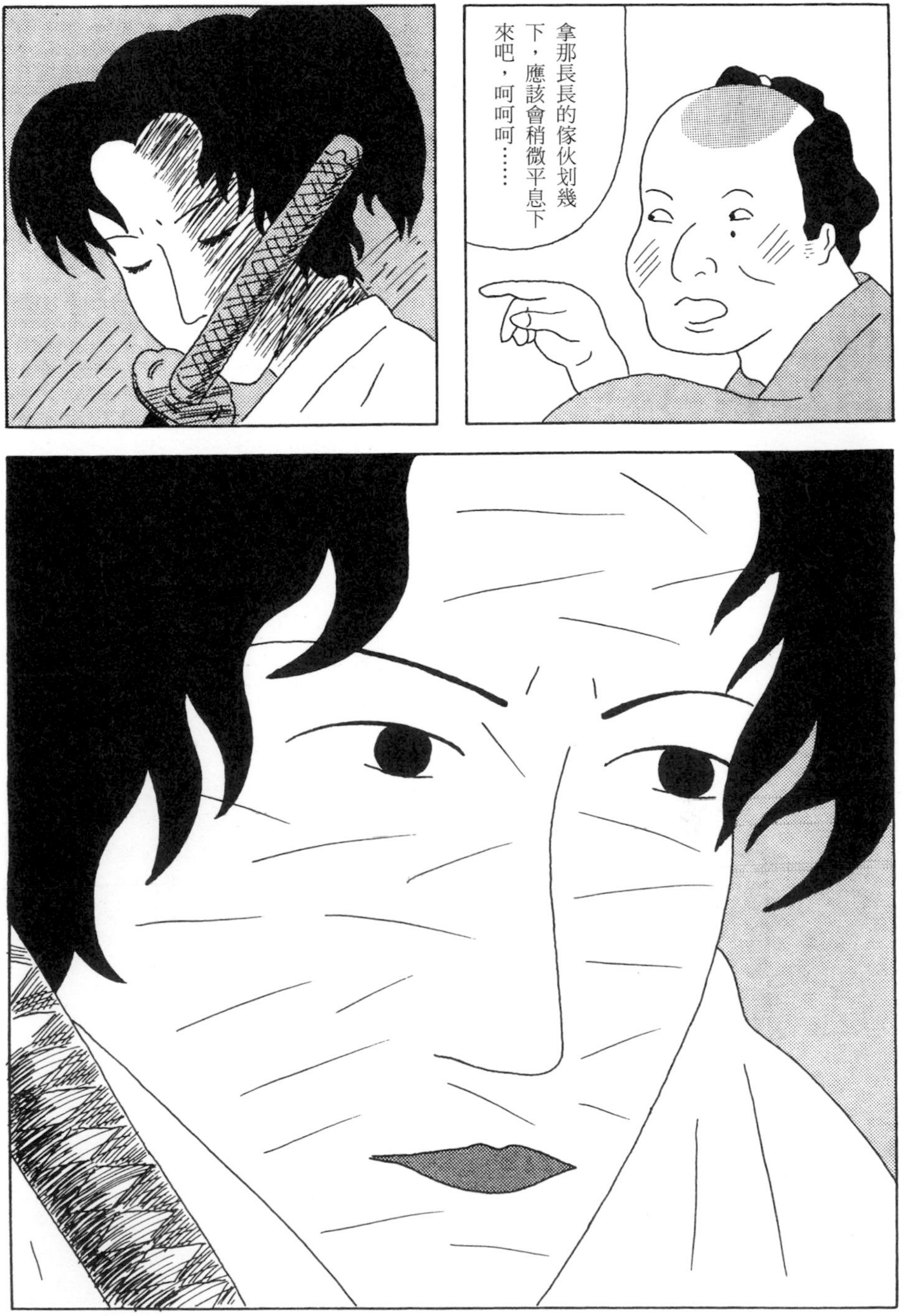
拿那長長的傢伙划幾下，應該會稍微平息下來吧，呵呵呵……

第一次殺人

月

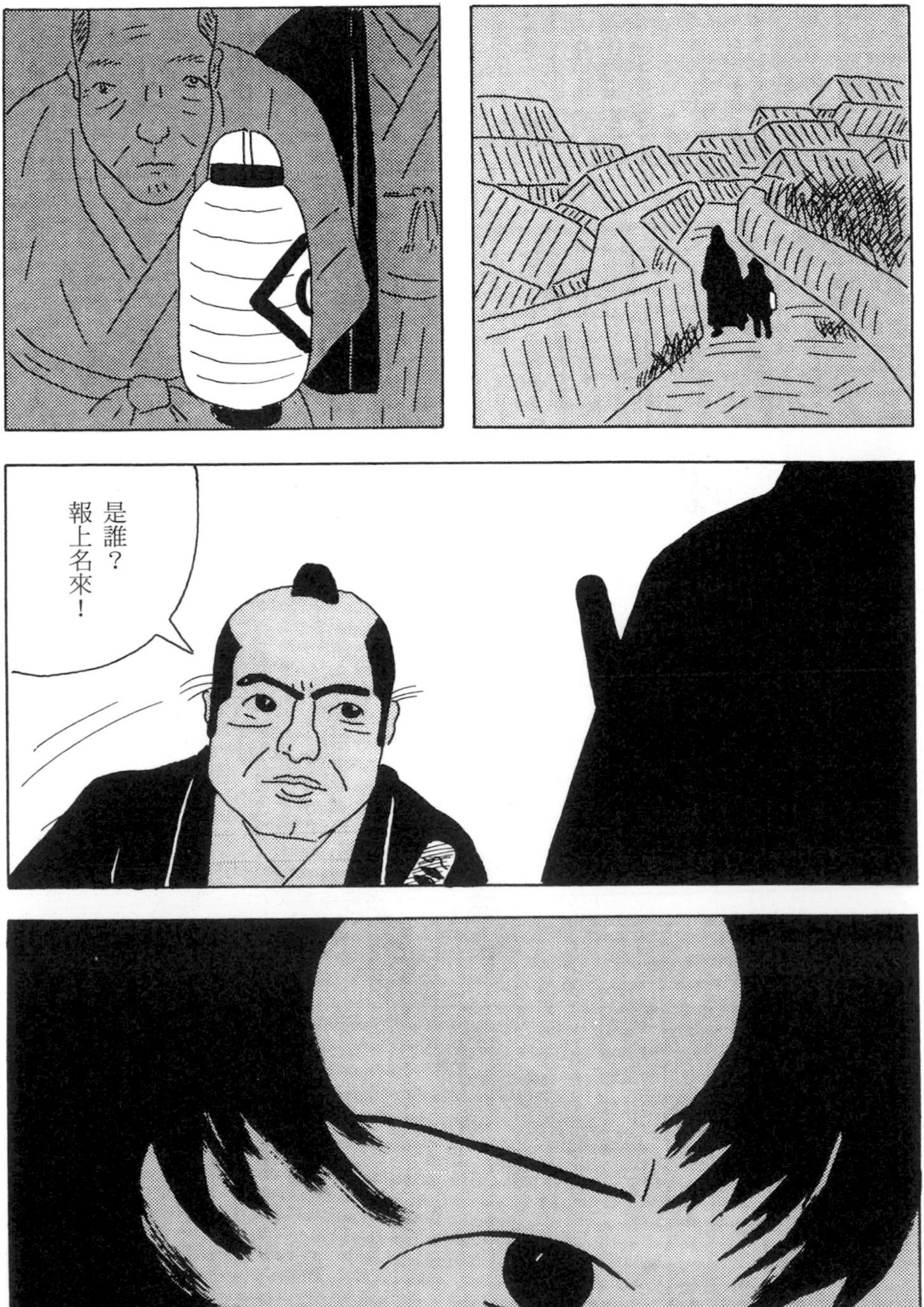
是誰？報上名來！

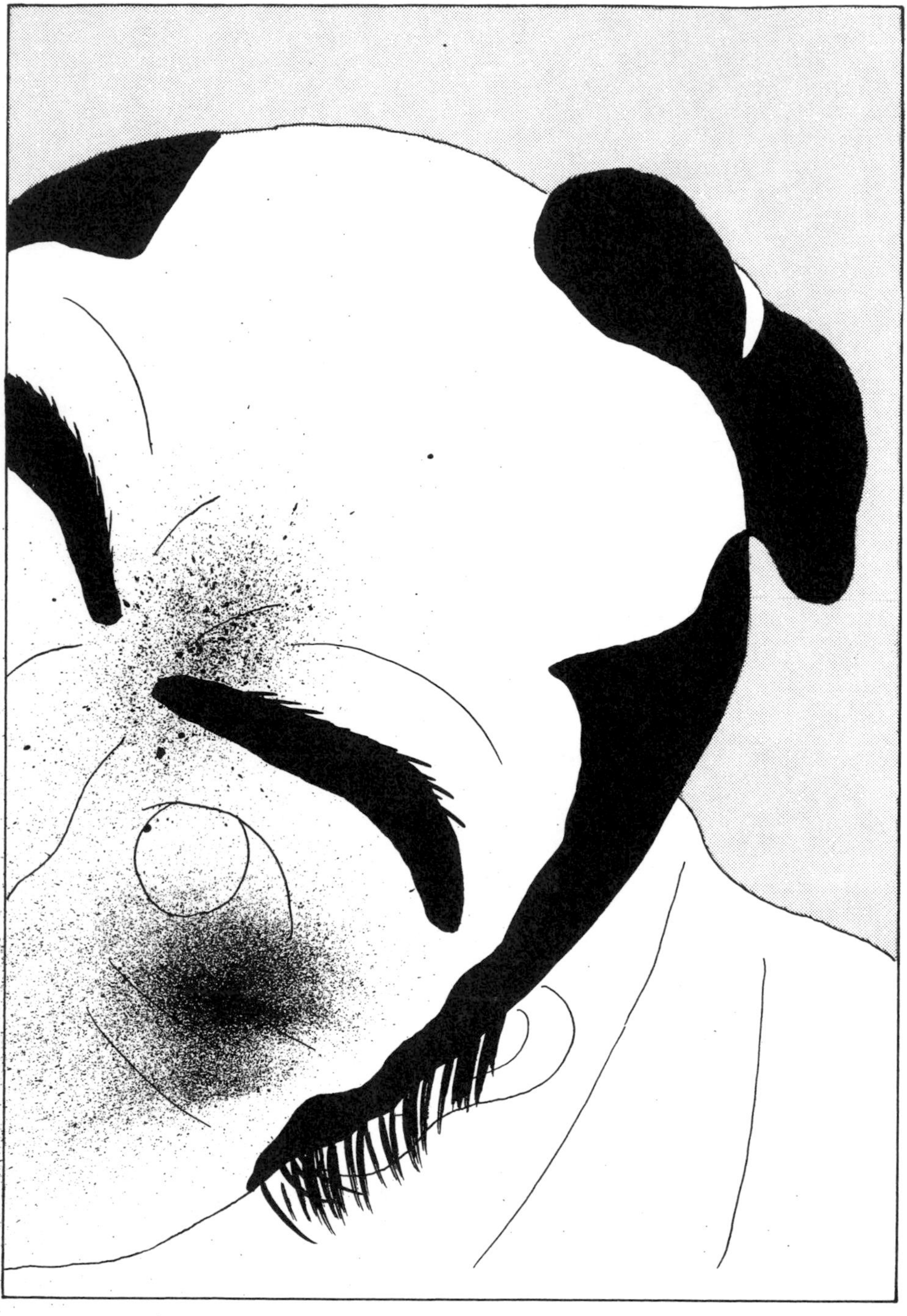

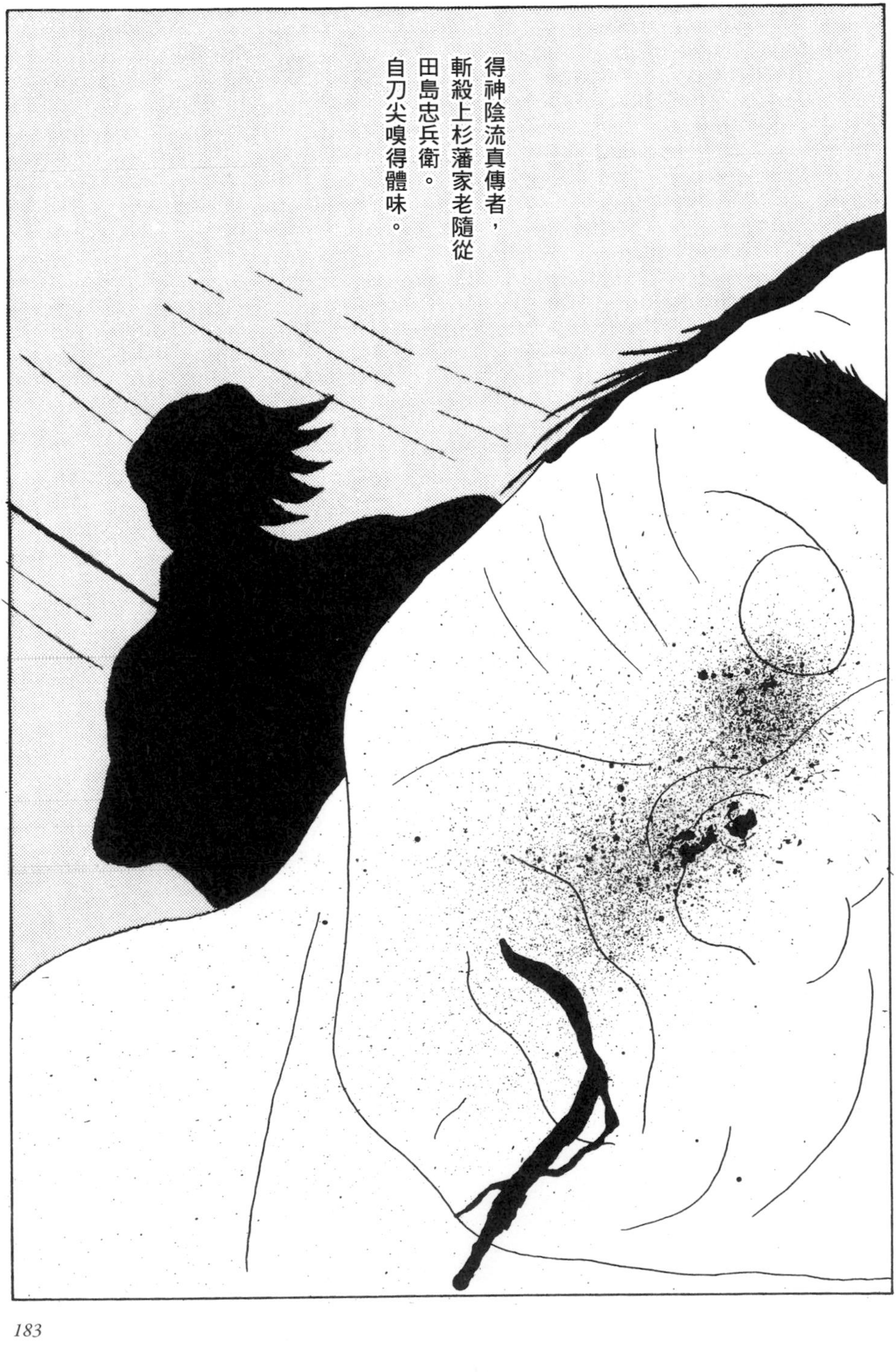
得神陰流真傳者，
斬殺上杉藩家老隨從
田島忠兵衛。
自刀尖嗅得體味。

第二次殺人
富商・大和屋的年輕妻子
前來摘花，予以殺害。

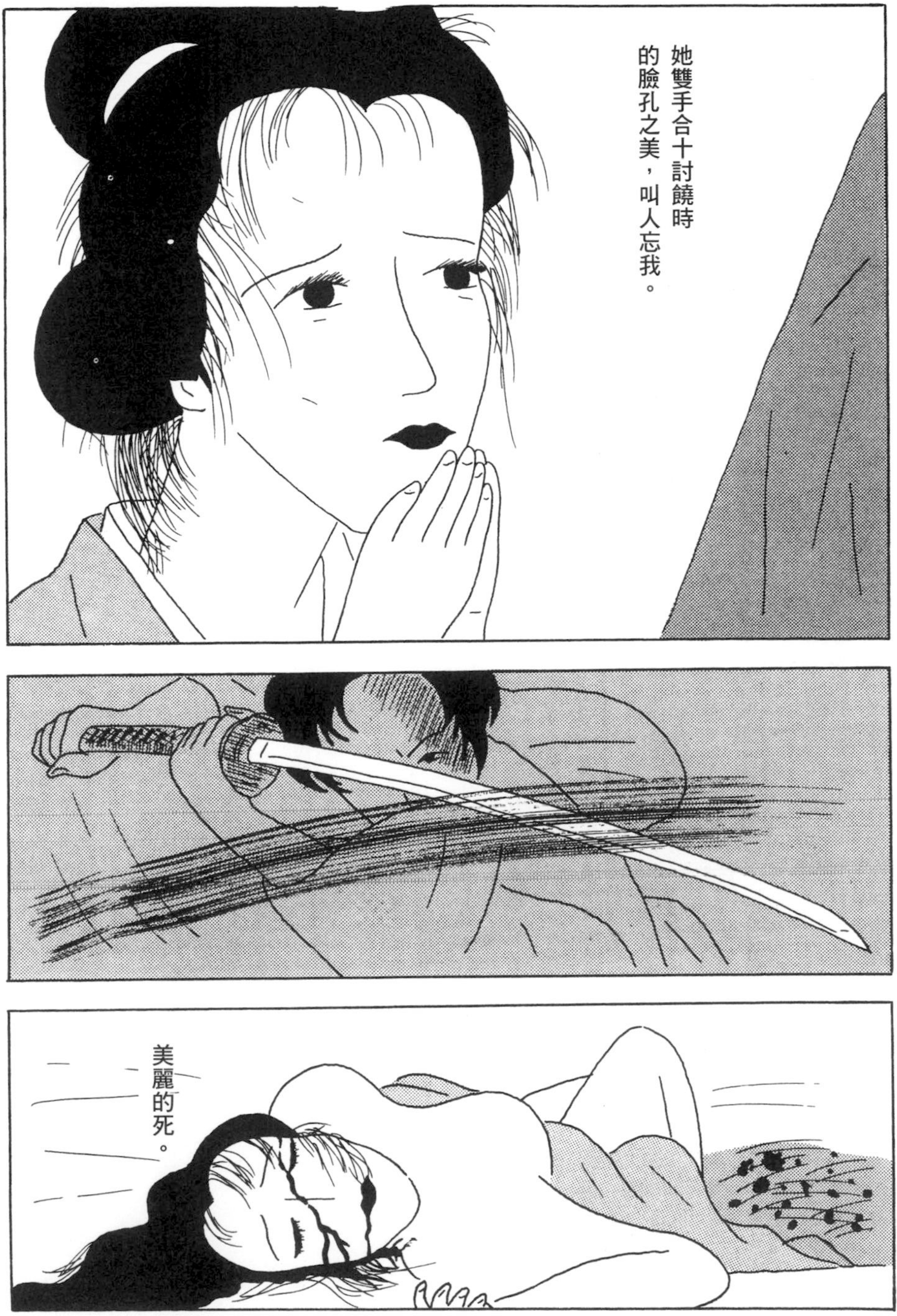
她雙手合十討饒時的臉孔之美，叫人忘我。
美麗的死。

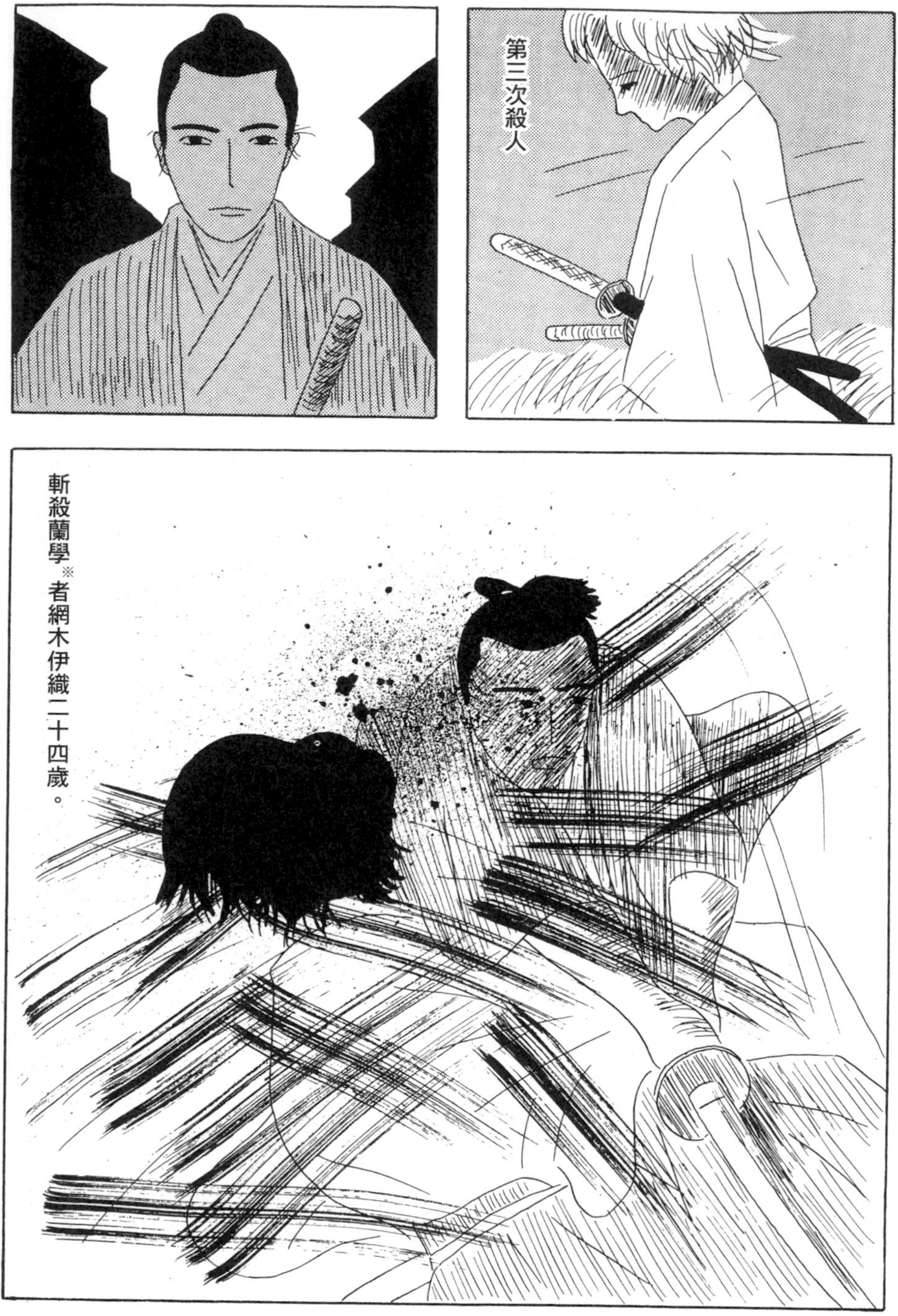


※字面意義指荷蘭學術，引申為西洋學術。

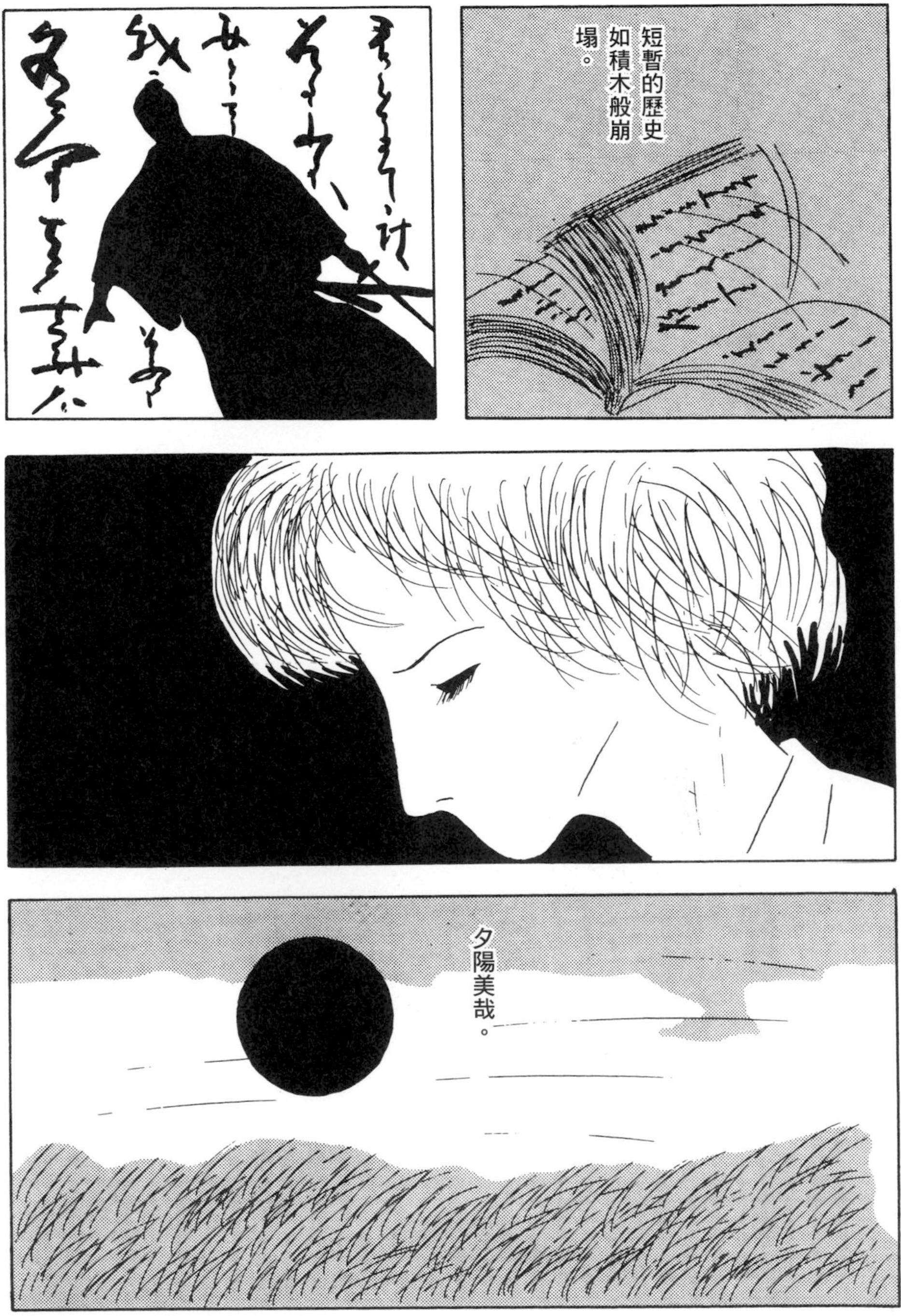
短暫的歷史如積木般崩塌。
夕陽美哉。

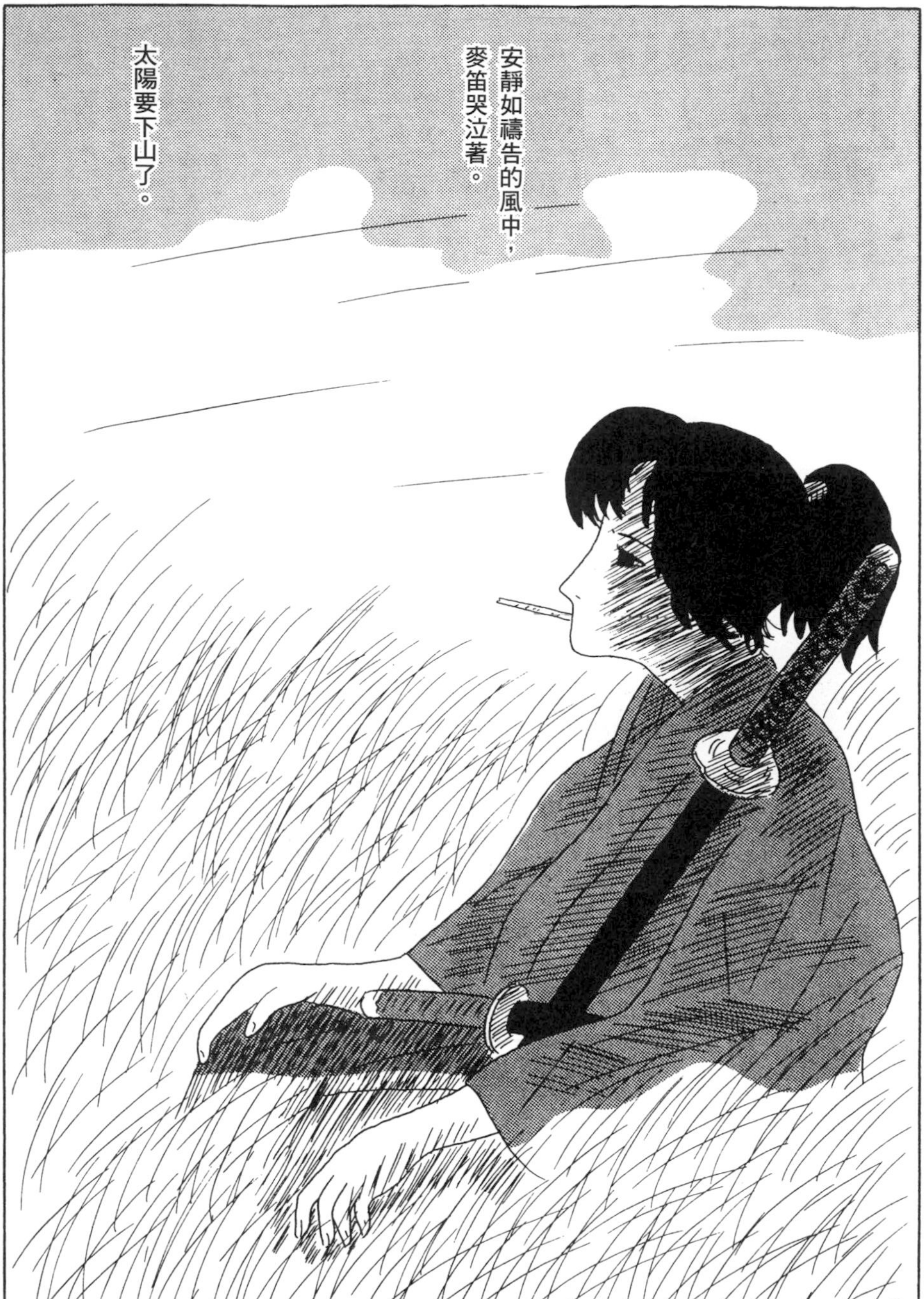
安靜如禱告的風中，
麥笛哭泣著。
太陽要下山了。

終

花物語

# 神風

唧——
唧——
唧——
唧——

唧
唧
唧
唧
唧
唧
唧
唧

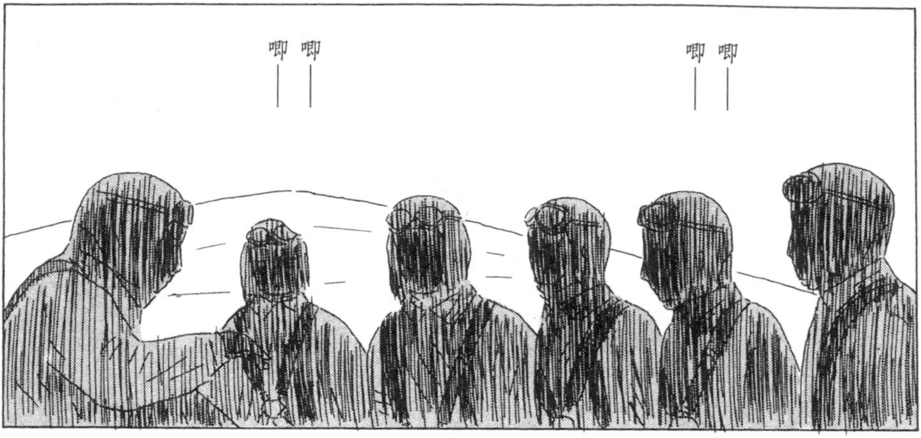
唧——
唧——
唧——
唧——

唧——
唧——

唧唧——
唧唧——

那成了我最後的休假。
我回來了。
歡迎回家。
嚇！
妳太沒大沒小囉，喂。
呵呵呵

這是媽幫你縫的浴衣喔。
哥，很棒耶。
好男兒穿什麼都合適呀。
妹妹，妳適合別紅色蝴蝶結。妳經常讓我捧著辮子的尾端，在上頭打紅色蝴蝶結。偶爾會說什麼自己綁不好，令我有點困擾。

妹妹，
妳還小的時候
經常患病，
討厭吃藥，
令母親傷透腦筋。
說什麼
嘴裡變得好苦，
然後就哭了。

妳說妳想吃甜的，
我於是
走遍鎮上，
尋找妳愛吃的羊羹。
妳如今不可以
再那樣耍任性囉，
懂吧？

唧——
唧——
唧——
唧——

唧—
唧—
唧—
唧—

真安靜。
雲不斷飄過。
雲的頂端住著一個巨人，

他藏著三個寶物。
那是古老的童話。
媽媽，
我想起了一個古老童話喔。
我好想要像童話的主角那樣孝順媽。
我就算死了，
也請媽不要哭泣。
媽要是為我悲傷，
我會非常難受的。
再見了，媽。

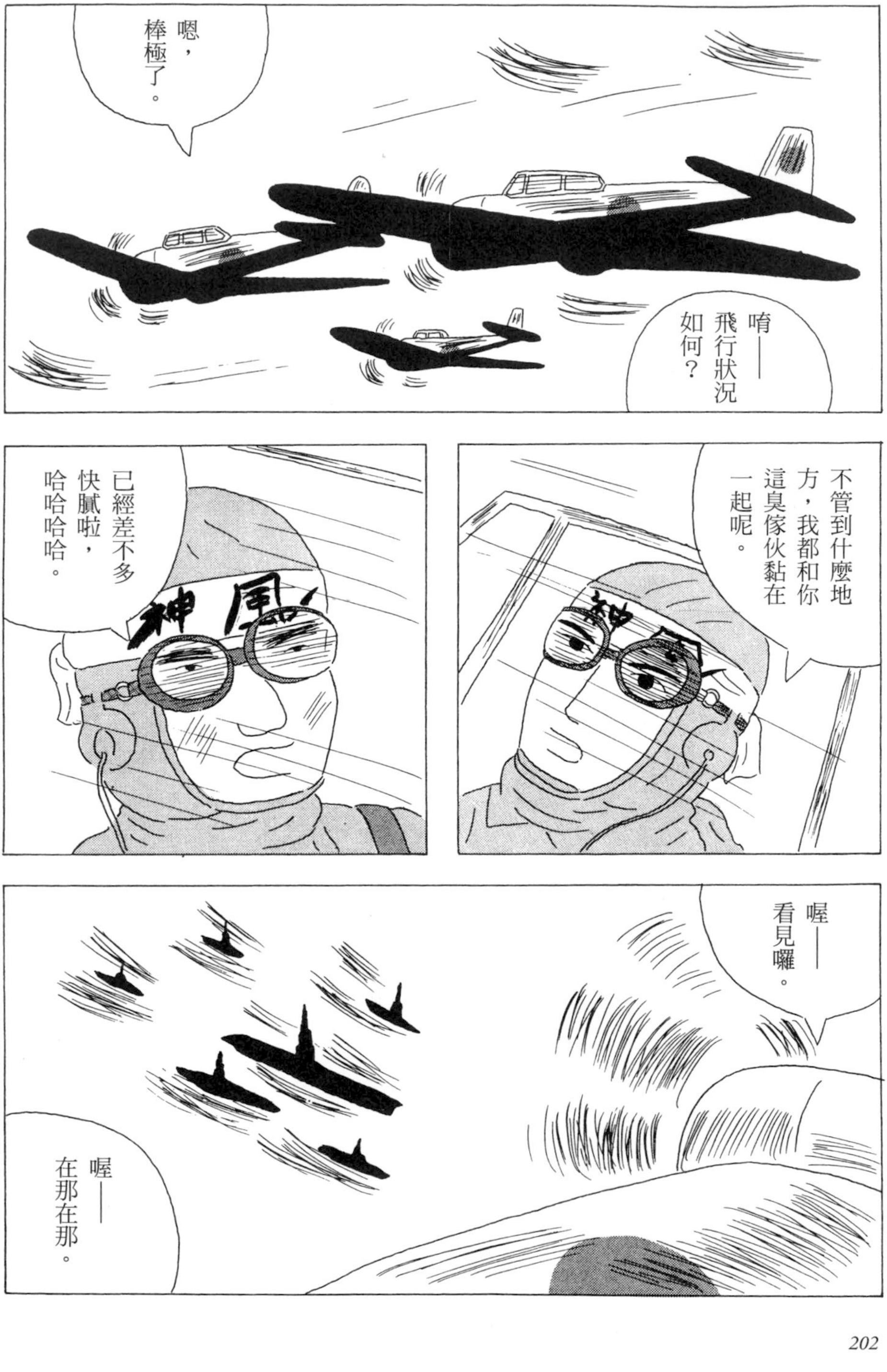
唷——飛行狀況如何？
嗯，棒極了。
不管到什麼地方，我都和你這臭傢伙黏在一起呢。
已經差不多快膩啦，哈哈哈哈。
喔——看見囉。
喔——在那在那。

用這種方式這種問候來賓好像有點凶狠呢。
偶一為之也行吧。
你和我，是同期的蜻蜓，你長翅膀時我也長，
嘿——咻，我先走一步囉。
你和我，是同期的蜻蜓，你飛我也飛
前進！

終 1975.8.11

# 後記

那時候，我到底都在做些什麼呢？

我偶爾會試著回想那段日子，但心中沒浮現什麼值得一提的事。

我結束紐約生活，回到國內，看報紙徵人廣告去應考，進了出版社H社。我說的「那時候」是進公司第二年左右。工作很無聊，我自己也給人一種有氣無力的感覺。

每天在固定時間去上班，專心工作，一有閒暇時間就到地下圖書室看書。H社的圖書室分為地下一樓和二樓，藏書數量龐大。現在回想起來，這圖書室帶給我的影響應該頗為巨大。

在公司的生活沒什麼特別有趣的地方，不過睽違兩年在日本的公司品味到的文化——比方說午餐時間有好幾個人成群結隊去吃飯、員工旅遊等等的，都給我一種側腹被人搔癢般的古怪感受，我非常喜歡。

嵐山光三郎當時和我在同一家公司，是《太陽》雜誌的幹練編輯。

年紀一樣大這點也是助力之一吧，我們兩個很快就變得要好了起來。也經常一起喝酒。

他會寫文章給雜誌，打打工，而我也開始幫他畫文章搭配的插圖。總而言之，只要有嵐山光三郎在，就沒什麼好怕的了。他對我而言就是這樣的存在。

這樣的一個人對我開口了：要不要畫畫看漫畫？時間是昭和四十九年元旦過後的大冷天。

灰濛濛的下雪天空，飄落的是肉眼好像看得見又好像看不見的小雪花。嵐山光三郎穿著他常穿的 Burberry 風衣，而我穿著西裝外套，走在路上。

「你要不要畫畫看漫畫？」

這時嵐山的眼睛看起來炯炯有神。那陣子我只要畫嵐山光三郎的臉，必定會把他的雙眼畫成星星。

「我看我來畫畫看好了。」

記得我的回應非常曖昧。

之後他每次在公司遇到我都會問：畫好了嗎？我會回答「快好了」，但其實根本沒有進展，因此和他碰面成了難熬的狀況。

東摸西摸，轉眼間就過了半年，夏天來了。

夏天要結束的時候，我在嵐山光三郎的邀請下，和他一起去新宿京王廣場大飯店一樓的展覽廳看攝影展。兩個人都是用上班時間去看。這時的嵐山穿著牛仔褲，搭配開領襯衫，下擺蓋在皮帶上，腳穿雪駄※。

看完攝影展的回家路上，我們進了爵士喫茶，喝咖啡。我們兩個都是爵士少年。我們聊爵士，聊普普藝術，印象中聊得特別起勁的是賈斯珀‧瓊斯。

店內播放著邁爾士‧戴維斯吹奏的小號。我想起了自己在紐約搭計程車行經昆斯博羅橋時聽到的小號樂音，那也是邁爾士吹的。

「我到筑豐取材的時候寫了一篇小說。」

嵐山突然開口這麼說，而且接了下去。

「那裡的煤炭坑都廢坑了，人去樓空。有座廢渣山，下面開了一大片波斯菊呢。」

我的眼前浮現了漆黑的廢渣山，以及隨風搖曳的波斯菊原野。

嵐山光三郎在筑豐見到的風景，被他寫成了〈怪人二十面相之墓〉，而我將它改編成上下兩回的故事漫畫，發表於月刊漫畫雜誌《Garo》，時間是昭和四十九（一九七四）年九月。當然了，這成了我的第一篇故事漫畫。

小時候我經常畫漫畫來玩，但到了真要上陣的時候卻不知道該如何完成作品，記得我一再重讀嵐山的原作，摸索著分格的方式。

※雪地行走用的草鞋。

畫出〈怪人二十面相之墓〉上回後的三年內，我以每個月十六頁的步調不斷在《Garo》發表漫畫。

白天要上班，因此畫漫畫的作業總是在晚上進行。晚上十點左右開始畫，完稿大多已是早上。當然沒有助手幫忙，塗黑也是我自己一個人塗。儘管如此，我畫得應該還算快了。那三年內畫的漫畫分別收錄於《青之時代》（青林堂）和《東京輓歌》（青林堂）。本書《春日疾風》收錄的作品仍是《Garo》發表作，全部都未曾收錄於其他單行本。相較於《青之時代》和《東京輓歌》，描繪大人世界的作品比例更高，是本作的特徵。前年家母去世了。就像〈黃蜻蜓〉畫的那樣，少年時代的我和媽媽一同生活的千倉的屋子，已經沒住人了。

今年夏天尾聲，我一個人去了千倉的老家舊址探看。夏草茂密叢生，風一吹，白色花粉便四處飄散。某處傳來炒豆子的香味。

**安西水丸**

本書為「筑摩文庫」原創書籍。
收錄作品的首次刊載處如左。

吹西風的小鎮　《Garo》一九七七年三月號
退潮之際　《Garo》一九七四年十一月號
野火　《Garo》一九七六年十二月號
春日疾風　《Garo》一九七七年四月號
彎路　《Garo》一九七六年二・三月號
融雪之時　《Garo》一九七七年五月號
黃蜻蜓　《Garo》一九七五年八月號
終夏鐵道　《Garo》一九七五年九月號
停滯鋒面　《Garo》一九七六年四月號
冬季小鎮　《Garo》一九七五年十二月號
獵狐狸　《Garo》一九七九年六月號
麥笛　《Garo》一九七四年十二月號
花物語　《Garo》一九七五年十月號

附錄

《春日疾風》中文版後記／導讀

# 正是因為有水平線，海才成為海——關於我所敬愛的安西水丸

「我是就連現在，仍在畫著小學生般塗鴉的普通人。」這是一九八四年安西水丸登場於新聞廣告時所使用的文案。從三歲至中學畢業前，都在千葉縣千倉町（現千葉縣南房總市）的海邊渡過年少時代的安西水丸，在另類和前衛漫畫鼻祖——《月刊漫畫GARO》上繪製了一系列以少年「小西昇」為主角的自傳式漫畫。

在安西水丸的首部漫畫單行本《青之時代》裡，第一次出現小西昇的身影。他曾說，自己小時候是個怪小鬼，喜歡一個人躲起來安靜地畫畫。所以他描繪了一個眼神冷淡、沒有鼻子，長著奇怪造型嘴巴的男孩——小西昇。

從《青之時代》，到《東京輓歌》，再到《春日疾風》——我們能明顯發現小西昇長

大了，成為一個挺拔的青年（甚至長出了鼻子）。他離開了千倉，來回奔走於與各式各樣的地方、各式各樣的國家。但最終，他都會回到千倉，或是酷似千倉的地方。

## 最能代表千倉的，是海

安西曾這樣描述自己的故鄉：「我偶爾會想，如果我誕生在法國巴黎，就能沐浴在羅浮宮的一流藝術品中；如果我誕生在西班牙馬德里，就能在普拉多博物館，受法蘭西斯科・哥雅[1]或維拉斯奎茲[2]的薰陶下成長……在千倉，沒有與一流藝術品接觸的機會。但取而代之的，是千倉擁有『一流的海』。（中略）當時的千倉沒有任何文化場所與設施，像是名勝古跡、電影院、博物館、美術館……通通沒有。有的僅是豐富的自然景觀。我沒有對這『荒蕪』的單調感到厭倦——時刻變化色彩的大海、潮騷；渲染上四季的山里、隨風搖擺的樹梢、野鳥們的歌唱。在這除了自然外什麼都沒有的環境下成長，造就了我豐富的想像力與美感。」

## 安西水丸與渡邊昇

在平凡社[3]（也就是本書《春日疾風》後記裡作者提到的H社）擔任藝術總監時，安西水丸還不是安西水丸，而是本名為渡邊昇的上班族。他結識了同公司《太陽》雜誌的編輯嵐山光三郎[4]，並在嵐山的介紹下，從一九七四年開始在《月刊漫畫GARO》上，以一年三篇的速度執筆漫畫《青之時代》，連載長達三年的時光。嵐山建議他，取了一個開頭為「A」的筆名（因為嬰兒誕生時開口說的第一句話通常是「啊」），他以祖母老家的姓「安西（Anzai）」結合自己從小就喜歡的漢字「水」，與腦中莫名浮現的「丸」，成了「安西水丸（Anzai Mizumaru）」，從此展開漫長的創作生涯。

安西水丸與村上春樹[5]，是在一九七九年相識的。但在他們成為朋友前，甚至是在村上春樹開始寫小說前，村上就早已是安西作品的粉絲與讀者。安西其實不喜歡當世人提起

1 法蘭西斯科・哥雅（Francisco Goya，一七四六年－一八二八年），西班牙浪漫主義畫派畫家。代表作為描繪西班牙半島戰爭的《一八〇八年五月三日的槍殺》，以及羅馬神話中農神為防止子女推翻自己的統治，將孩子一個個吃掉的《農神吞噬其子》。

2 迪亞哥・維拉斯奎茲（Diego Velázquez，一五九九年－一六六〇年），是文藝復興後期、巴洛克時代、西班牙黃金時代的畫家，其代表作為西洋美術史上重要作品之一的《侍女》。

3 株式会社平凡社，創立於一九一四年，是一間以學術、藝術等百科辭典為主的日本出版社。至今仍持續發行的系列如：東洋文庫、《別冊太陽》雜誌等，富含悠久的歷史與教育意義。

4 嵐山光三郎（一九四二年－），日本的編輯者、作家、散文家。曾擔任《別冊太陽》與《太陽》雜誌的總編，並在結識安西水丸後共同著作兒童繪本《ピッキーとポッキー》，四十年間銷售超過七十萬冊。

5 村上春樹（一九四九年－）小說家、翻譯家。與安西水丸首次合作插畫是在一九八三年出版的短篇小說集《開往中國的慢船》，從此展開兩人密切的往來與創作。在《開往中國的慢船》，安西去除以往最具個人特色的「線條」，僅以「色塊」呈現兩顆西洋梨。村上春樹曾高度評論這張插畫，認為絕對是安西作品之中最完美、也最經典之作。

他時，會以「為村上春樹畫插畫的人」稱呼。或許是出自於比村上還年長七歲的自尊心，以及身為插畫家的獨立個體性——確實，作為了解安西水丸創作生涯的讀者而言，安西與村上之間，本就沒有誰上誰下，而是「並肩」存在的至交關係。

但這樣的安西，偶爾也會羞赧地拿著幾本村上的書請他幫忙簽名，並尷尬地笑著說：「可以署名給○○子嗎？」村上總是傷腦筋地接過書籍，一邊簽名一邊咕噥：「要簽幾本都沒問題啦，但你可別拿去做壞事喔！」接著，安西會捧著到手的簽名，賊嘻嘻笑著回道：「哪有做什麼壞事，我這個人只做好事！」

偶爾，安西還會補充說明：「我最近認識了一個女孩，是你的書迷。下次再介紹你們認識吧！」但村上一次也沒見過那些「女孩們」。

安西是出了名的愛美色——不論是在村上春樹、嵐山光三郎，甚至是他自己本人的文章中，都能看見這類的記述。透過安西水丸的漫畫與作品，我們也能略知他對女性的熱愛，可能是源自父親的「遺傳」。

## 《青之時代》的父親，《春日疾風》的母親

在安西十分年幼時，父親就因為肺結核過世。《青之時代》的〈荒蕪的海邊〉中，我們可以從婦人欲言又止的態度、小西冰冷的眼神裡看出，他的父親是個處處留情之人。在《春日疾風》裡，也有一篇氣氛十分相似的〈退潮之際〉，同樣出現少婦、不善表現情感的小西，以及死去的人魚與孤寂的浪花，但卻曖昧地表現了截然不同的氛圍。

除了好美色，另外一樣遺傳自父親的基因，或許是熱愛畫畫的心。

因為父親的職業是建築師，時常描繪設計圖抑或隨筆，從小耳濡目染的安西也漸漸迷上了畫畫。最能代表安西漫畫原點的作品——也就是《青之時代》中的〈火車〉，就是描繪自己與英年早逝的父親之間的關係。他對父親的情感很複雜，認為丟下一句「一起去東京吧！」就擅自離開的父親是個騙子，如同搭上了一班奔馳的火車揚長而去。但天真的童言童語，仍然掛心獨自踏上旅途的父親。

正面迎來的火車與汽笛奔馳在原野——若說《青之時代》代表了父親，那《春日疾風》

或許代表了母親。千倉是安西母親的老家，為了照料從小患有嚴重的氣喘、體弱多病的安西，母親帶他移居至此，渡過了年少的「青色時期」。

擁有五個姊姊的安西曾說，自己是在被女性簇擁的環境下長大的。身為老么也備受疼愛，但隨著父親離世、姊姊們出嫁後，安西與母親兩人共同居住著。或許是基於這個理由，安西從小就特別鍾愛年長的女性——在他的漫畫中登場，並帶有神祕面紗的女性，也以熟女居多。長大後的安西離開了千倉，但卻時時刻刻惦記著千倉，並深受這片土地與兒時記憶的影響。

## 插畫家・安西水丸

一九六〇年，從「平面設計（Graphic Design）」中獨立而出的「插畫（Illustration）」一詞傳入日本。在眾人還對「插畫」感到陌生時，一九六五年由宇野亞喜良[6]、和田誠[7]、橫尾忠則[8]等人率領的「東京插畫家們俱樂部（東京イラストレーターズ・クラブ）」成立，開創了「日本插畫」的黃金年代。

從日本大學藝術學部美術系造型組（現雕刻組）畢業後，安西歷經了電通[9]的藝術總監一職、赴美從事設計工作，再回到日本，並進入平凡社——他從「設計師（Designer）」逐漸轉型，並重新定義自己是「插畫家（Illustrator）」，最終成為全職自由接案的插畫家・安西水丸。

他認為他的畫並非難懂又複雜的藝術，而是一種遊戲——不論是插畫、漫畫，畫畫就是一件極為享受又快樂的事情。

「畫畫這件事，無論何時都存在在我心中。若要說這是支撐我活下去的力量，又好像有點害羞，難以開口。但我想，它就是這樣支撐著我。」

安西是個性情中人，時常把「好的畫作並不取決於畫技的好壞」掛在嘴上，甚至在藝

6 宇野亞喜良（一九三四年－）插畫家、平面設計師，以硬筆描繪的人物造型極具特色。長期擔任寺山修司的舞台劇設計與宣傳美術總監。

7 和田誠（一九三六年－二〇一九年）插畫家、平面設計師、散文家、電影導演。安西水丸曾表示，從高中以來和田誠就一直是自己的偶像，並在出社會後與和田結識，成為至交。和田非常熱愛爵士音樂，也與村上春樹共同著作過幾本關於爵士的書籍，並擔任插畫繪製。

8 橫尾忠則（一九三六年－）藝術家、平面設計師、版畫家、作家。作品以大膽又狂野的色彩、配置聞名。自小因體質關係，體驗過各種靈異現象，並對死後世界充滿嚮往。深受三島由紀夫的影響，傾倒於神祕學與神祕主義，最終與「繪畫」這個表現手法相遇。

9 電通（Dentsu Inc.），是一間日本的跨國廣告公司，為世界最大單一廣告公司，集團規模位居世界第六，總部位於東京汐留。

術學校擔任講師時，特別偏好班上才華不出眾、但極具潛能的學生。

他曾幾次在作品裡暗示「母親並不喜歡他畫畫」。

「畫畫不是男孩子該做的事。」或是「還在畫那些賺不了錢的畫嗎？」等台詞，都是出自母親之口。對於從小就愛畫成痴的安西而言，聽到至親如此評判他最愛的事物，是何等難受。但這並無澆熄他的熱情，他安慰自己：「畢竟母親是大正時代的人了……」並持續創作，最終作品類型涵括插畫、漫畫、繪本、設計、小說、散文……可說是全方面創作奇才。

## 一條水平線

在安西水丸的漫畫裡，我們可以看見一種如詩詞般的格律——三格切割如電影銀幕般的開場、十六頁為一篇章的節奏、故事之中必定出現一幅跨頁。

他認為這樣的呈現最能表現自己的特色，如詩的節奏，統一了所有作品的調性。佇立在荒蕪原野上的裸婦、海邊一角的漆黑身影、巨大的燈塔與廟會面具……這樣沒有邏輯的畫面彷彿跳脫現實的心象風景。在《GARO》上擔任安西水丸責編的南伸坊[10]在受訪時曾說：「安西水丸的漫畫，與其說是漫畫，不如說是有插圖的小說。畫框不是為了說明故事，而是表現插圖的樂趣如何超越漫畫的極限。在畫格與畫格間，有時會出現與故事毫無相關的畫面。我總想『他就是為了畫這格（才畫這篇故事的）啊』。」

「『好像少了點什麼……不過很棒。』是我最常聽到大家對安西水丸漫畫的評價。雖然好像少了點什麼，但氣氛真的很不賴吧！」南伸坊笑著說。

安西水丸剛在《GARO》連載時，同時身兼平凡社藝術總監的正職，忙碌程度難以想像。但他從未表現出吃力的一面，總是在截稿當天用輕鬆的語氣通知責編「我畫完了」。南伸坊說：「我一直以為畫漫畫對安西水丸而言是一件輕鬆又愉快的差事。直到安西過世後，從他太太[11]那裡得知『在《GARO》上的連載，都是他每天從平凡社下班回家後，熬

10 南伸坊（一九四七年－）日本的編輯者、插畫家、散文家、漫畫家、裝幀設計師。南曾在受訪時提到，自己雖然是安西水丸的漫畫責編，但在剛以插畫家身分開始活動時，安西會以平凡社的名義發插畫案給南，深受照顧。

11 岸田ますみ（一九四一年－），畫家。學生時期在紐約藝術學生聯盟專攻插畫，受美國的民間藝術影響，以不透明水彩、壓克力、油彩為主創作。據說當年與安西水丸結識，是安西假借忘了帶畫具，跟岸田搭訕。

夜拚命完成的作品。每次都煞費苦心呢！』我聽了才赫然驚覺，果然不論對誰來說，畫漫畫都是件很辛苦的事。」

安西水丸的插畫與漫畫，雖看似簡單，但卻橫亙許多高深又巧妙的安排，與難以模仿的精髓。安西曾這樣描述自己的作品：

「我在畫畫時，時常使用『水平線（Horizon）』。因為只要在紙上描繪一條水平線，畫面就能產生安定感。在描繪水平線時，不知為何我總是會想起千倉老家的海。正是因為有水平線，海才成為海——我想，千倉的海，在我的畫中仍延綿不斷地活著。」

正是因為有水平線，海才成為海——。

安西水丸的作品之於整個日本插畫史、漫畫史而言，或許就像千倉的海一樣，簡單、質樸，但卻令人動容，且永久不滅。

**高妍【插畫家．漫畫家】**

## 參考資料：

《Coyote SPECIAL ISSUE　安西水丸　おもしろ美術一年生》Switch Publishing，2019。

《Coyote　特集　安西水丸の教え》Switch Publishing，2024。

《イラストレーター　安西水丸》crevis，2016。

《一本の水平線　安西水丸の絵と言葉》crevis，2022。

安西水丸《完全版　普通の人》crevis，2021。

安西水丸《青之時代》大塊出版，2023。

安西水丸《東京輓歌》鯨嶼文化，2023。

MANGA 015
春日疾風
春はやて

作　　　者　安西水丸
譯　　　者　黃鴻硯
導　　　讀　高　妍
美　　　術　林佳瑩
內 頁 排 版　藍天圖物宣字社
校　　　對　魏秋綢
社長暨總編輯　湯皓全
出　　　版　鯨嶼文化有限公司
地　　　址　231 新北市新店區民權路 108-3 號 6 樓
電　　　話　(02) 22181417
傳　　　真　(02) 86672166
電 子 信 箱　balaena.islet@bookrep.com.tw

發　　　行　遠足文化事業股份有限公司【讀書共和國出版集團】
地　　　址　231 新北市新店區民權路 108-2 號 9 樓
電　　　話　(02) 22181417
傳　　　真　(02) 86671065
電 子 信 箱　service@bookrep.com.tw
客 服 專 線　0800-221-029
法 律 顧 問　華洋法律事務所　蘇文生律師
印　　　刷　勁達印刷有限公司
初　　　版　2024 年 6 月

定價 400 元
ISBN 978-626-7243-67-1
EISBN 978-626-7243-65-7（PDF）
EISBN 978-626-7243-66-4（EPUB）